必勝ダンジョン運営方法 15

雪だるま
YUKIDARUMA

絵 ファルまろ
FARUMARO

モンスター文庫

タイゾウ（本目泰三）
日本人。
二次大戦の技術仕官。
「あなたの頑張りは分かりますが、
ここは譲れないのです」
ヒフィー
ヒフィー神聖国の
神聖女。
コメット
元・ダンジョンマスター。

「……あー、早く終わらねーかな」
ユキ（鳥野和也）
日本人。
ダンジョンマスター。
タイキ（中里大輝）
日本人。勇者。
ルナ
神族。
ユキを異世界に
送り出した駄女神。

～ホッとする
ご飯の時間～
アスリン
人族。家事手伝い。
フィーリア
ドワーフ族。
仕事区鍛冶担当。

ラビリス
サキュバス族。
ダンジョン副代表。

イリス
人族。アグウスト国第一王女。
「聖剣の在り処に突入じゃ」
デリーユ
人族。魔王。
霧華
デュラハン・アサシン。

「ん？　これは手紙か？」

「……定時に戻るっす」
スティーブ
ゴブリン。
アルフィン
聖剣使い。
テイマー。
「早く帰ってきてくれると嬉しいなー」

必勝ダンジョン運営方法⑮

雪だるま

MONSTER bunko

必勝ダンジョン運営方法 15

CONTENTS

第317掘：理想と現実　それでも進みぶつかり合うのみ

side：タイキ・ナカサト

泰三《たいぞう》さんは、俺たちの話を聞いて口を開く。

「話は分かった。まあ色々信じられないが、答えはすぐ出せる」

甘いって分かっているんだ。

だけど、泰三さんに聞いておきたかった。

だって、ぶつかり合うことだけじゃないはずなんだ。

俺たちは、同じ故郷で生まれて、ここにいるんだから、きっと別の方法があるって……。

「断る」

でも、やっぱり現実は厳しくて、泰三さんは俺の提案をきっぱり断った。

「タイキ君。その話はただの理想だ。現実を見なければいけない」

「……」

「君もその様子では分かっているようだな。いや、ユキ君から教えられたか？」

「……いえ、ルナさんです」

「……そうか。彼女もちゃんと物事を考えているようだ。君たちの話は理解した。この世界におけるダンジョンマスターや神の意味。魔力の枯渇という世界規模の問題。たしかに、君たちの言うことには一理ある。だが、この大陸の主導を得たいというのはわがままだろう。彼女たちがやると言っているのだ。完全に部外者の君たちは手を出すべきではない」

たしかに、今も頑張っているヒフィーさんたちを押しのけて、俺たちのやり方を通すのはわがままだと思う。

そして、ヒフィーさんに呼び出された泰三さんはともかく、俺とユキさんは完全に部外者なのだ。

「でも、それじゃ、この大陸にいる人たちが……」

それでも、人死にが大勢出ることを実行しようとしている。

それを止めようと思うのは間違いだろうか？

泰三さんの懸念も分かる。だけど、俺たちと手を取り合えば、そんな酷《ひど》い手段を取らなくてもいいんだ。

「タイキ君の大陸では、理不尽な死はもう起こっていないのか？　動物や自然と完璧《かんぺき》に調和できているのか？」

「……」

「完璧になんて無理だろうが、理不尽な死はなく、調和もできていると答えられるように頑張るべきではないか？　こっちに手を割くより、やるべきことがあるのではないか？　君は話によれば、一国を預かる者だろう？　まずは自国の利益を最優先にすべきだ。結局のところ、君の話は私たちが間違っていて、自分が正しいからいうことを聞け、ということになる」

「そんなつもりは……」

「君にそんなつもりはないだろう。しかし、そういうふうにも取れるということを忘れるな」

「だけど、このままじゃ……」

俺と泰三さんはぶつかることになる。

同じ日本人同士で？

この世界のより良き未来を目指して？

……なんでだよ。

「それが、物事の流れというモノだ。互いに譲れないものがある。私は、この大陸のことはこの大陸の人たちで進めるべきだと思う。まあ、それも些細な違いなのかもしれない。ヒフィー殿たちが行うか、ユキ君たちが行うかだけの違いだ。だが、主導はこの大陸の人たちが担うべきだと思うのだ。これからの未来も、紡ぐべきは私たちではなく、ここに生きる人々だ」

「でも、その生きる人たちの多くを……」

「たしかに、私たちのやり方で巻き込まれる人はいるだろう。君たちのやり方は流れる血は少ないだろう。でもな、国や平和というのは与えられると身につかない。自身で実感しなければいけない。それは、君たちがよく知っているだろう？」

大敗の末に、俺たちは戦争を知らない世代として生まれた。

だけど、あの戦争の話は、日本人で知らない人はいない。

それだけ、多くの痛みと血を流してきたのだから。

「優しさと甘やかすことは違う。そもそも、ヒフィー殿の話を信じるならば、400年以上も優しさによる手段を突っぱねてきたんだ。君たちのやり方はダメだと証明しているようなものだ」

「でも、俺たちには力が、地球の技術が……」

「その力があるから大丈夫というのは、私という異物を抱えた、ヒフィー殿の在り方と何が違う？」

「……」

「たしかに、私たちよりも速やかに事を運べて、静かにこの大陸を制することができるだろう。だが、排除するだけではダメなのだ。気が付けば平和になっているではダメなのだ。自分たちの手で作り上げたという結果がいるのだ。君も自らの力と周りの力で、この異世界で自国の害悪を排除し、国を守ったのだろう？　なら分かるはずだ……すでに話し合いの段階ではないのだ。ヒフィー殿の言う通りルナ殿が上司という立場であれば、ヒフィー殿は今までの実績からこの大陸から手を引かなければいけない。しかしそれは、彼女から故郷を奪うようなものだ。君は、自分の家族や家が、よその人から、君が君の家族や家と過ごす以上に上手くやれる人がいるから、と言われて代わってやれるか？　家族や家を手放せるか？　そして、信じられるか？　本当に自分がいた時以上に良くなると、何も問題がないと思えるか？」

無理だ。そんなことはできないし、問題が起こらないわけがない。

そして、泰三さんは俺とユキさんをしっかり見つめて、口を開く。

「私は、自らの意思の下、君たちと敵対しよう。君たちの甘い夢はたしかに素晴らしい。だが、前々から住んでいる住人をないがしろにするようなやり方では、酷いしっぺ返しを食らう。その結果、多くの不幸が生まれることを私は看過できない。人は自ら学び、自らの力で立つべきなのだ。私が自ら研究し、師たちと共に学び、それを体現してきた」

その目には、はっきりとした決意が見えた。

俺がこの世界に来た時、お役御免で俺の護衛《ごえい》にと飛ばされても、その目をぶれさせなかった、俺の親友の目だ。

初めはその目が怖かった。

だってその覚悟で、魔物だけでなく、盗賊《とうぞく》、人までも簡単に斬り捨てたのだから。

だけど、それは人殺しの目じゃなくて、決意によるものだと後々分かった。

この国を最後まで見捨てず諦《あきら》めないと誓った親友の目だった。

こんな目は、日本でできる人なんていないって思った。

でも、いた。

俺の祖先である、泰三さんは決意を宿した目で爛々《らんらん》とこちらを見てくる。

……正直、親友より上な気がする。

「いえ、別にないがしろにするつもりはないですよ、って言っても無駄ですかね？」

でも、その視線の最中、そんな言葉をのんびり口にするユキさん。

「無駄だな。それを信用する理由も根拠も証明のしようがない。私たちを丸め込もうと虚勢を張っている可能性を考慮しなければいけない。武装解除されては、何もできないからな」

「仰る通りで。人生、こういう場面でそこら辺を考慮しないといけないというのは面倒ですね」

「そうだな。ただ自分の小銭がなくなるぐらいなら、簡単に話に乗ってもいいのだが。賭金がヒフィー殿の国、そして大陸の未来だ。君たちにはすまないが、私は彼女たちにつかせてもらおう。それぐらいは、信用できるほどに親交は深めているからな」

そうか、単純なことだ。

俺たちより、彼女たちの方が信用できる。

ただそれだけである。

「お互い、面倒な上司を持ちましたね。こっちはこれだけ和解しているのに」

「ふっ、そういう競い合いがあってこそ、人は前に進むし、お互いを信用できるのだ。というか、君がヒフィー殿と戦う代表だろう？　楽しみにさせてもらうぞ、未来をこの目で見たい」

「ま、頑張りますよ。健全な競い合いだけだったらいいんですけどね。人間、お互いの足を引っ張るのが好きな生き物でして……」

「……未来も現実的でいやだな。ヒフィー殿に限って変な絡め手はしないとは思うが……。ま、そこを含めて人なのだろうよ」

「そうやって割り切りますか。そっちも苦労したようで」

「兵器開発部門はいつも、お互いの足の引っ張りあいだったからな。予算の取り合いとか……」

なんか、戦闘ムードが一変して、苦労話になってきた。

……ユキさんは、本当に話の方向変えるのがうまいなー。

「で、俺の相手は、タイキ君なのだろう?」

「え、は、はい。その、つもりです」

そして、その流れで自然にこの話に戻す泰三さんも凄《すご》いな。

「なに、そこまで緊張する必要はない。死ぬようなことにはならんだろうからな。だが、少し楽しみだ」

「楽しみですか?」

「ああ、私としては、この戦いはない方がいい。だが、引けない理由は十分に分かるし、ヒフィー殿の助けになるなら躊躇《ためら》いはない。しかし、その相手が君なら、私としても別の意味でやる気が出る」

「別の意味？」

「君も示現流なのだろう？　兄弟子として、ひとつ手ほどきをしてやろう」

泰三さんが笑った。

……なるほど、剣で勝負ってわけか。

「俺はそこまで実践的じゃありませんでしたから、こっちに来てからの力を使うかもしれませんよ？」

「構わんよ。人は工夫をして前へ進むものだ。私も私なりに昇華させた示現流で相対しよう」

つまり、全力をぶつけてこいっていうことか。

レベルとか、色々ぶっ飛んでるし、こっちの体はドッペルだしなー。

卑怯《ひきょう》とは思うけど、泰三さんの言う通り、これも工夫の1つだ。

泰三さんは鑑定した結果、能力としてはレベル80前後。

この世界に来てからなのかもともと強かったのかは知らないけど、この新大陸では、普通に強い。

……いや、研究、開発職だよね？

でも特出した能力はない。

これなら、俺の圧勝かな？

と、そんなことを考えていると、露天風呂から上がったのか、ルナさんたちが出てきた。

「お、いたいた。ユキ、100円ない？」

「あ？　どうしてだ？」

「牛乳よ、牛乳‼　というか、なんで、自動販売機が有料なのよ‼」

「そりゃ、お前が相談もなしに用意しろっていうから、ウィードの図面をそのまま使ったからだよ」

あ、どこかで見たことある内装だと思ったら、ウィードのスパ銭か。

「両替があるだろうに……」

「万札しか入れてないのよ。両替すると邪魔。というか、なんで自販機は今も日本円仕様なのよ」

「そりゃ、そっちの問題だろう？　自販機のプログラムにこっちの硬貨を認識させるように改変できないって言ったのお前だろう」

「当然でしょう。私ができるわけないじゃない。プログラマーじゃないのよ？　でもさ、こうやって100円硬貨に替えるのってウィード的に面倒じゃない？」

ユキさんはそう言いつつも、100円玉をルナさんに渡している。

ルナさんも、俺が常々不思議だった疑問を口にしてくれている。

たしかに、飲み物の自動販売機はウィードにあるのだが、これだけは日本硬貨なのだ。

これはルナさんと同じように面倒だと思う。

「逆だ、逆。これで防犯の意味もあるんだよ。日本円は自動販売機でしか使えない。自動販売機は飲み物だけしか売っていない。これじゃ、日本円を盗む価値も品物を奪う意味も低いだろ？」

「ああ、たしかにね」

なるほど。

たしかに、それだけにしか使えない硬貨なんて意味ないし、飲み物なんてかさばるだけだ。

「要るのは、日中散歩してる人。公園とかでのんびりしているご年配の人たちや子供たちだ。その人たちは日本円を持っているだけで飲み物が飲めるし、奪われてもそこまで被害は大きくないし、奪う方もリスクが高いだけだ。両替は庁舎でやっているしな、もう手間しかねーよ」

「使う人にとっては便利だけど、よからぬことを企む相手には、面倒でしかないわけか。考えるわね」

「お前も考えろよ」

「いやよ。これ以上仕事なんて勘弁《かんべん》」

……この人は本当にダメというか、こういうノリなんだろうな。

「と、ほら、ヒフィー、コメット、牛乳」

そう言って、ルナさんは牛乳瓶を2人に投げる。

2人も難なくそれをキャッチして、牛乳瓶を不思議そうに見つめる。

「あの、これは？」

「飲み物だよね？　牛の乳？」

「そうよ。風呂上がりはこうやって……」

ルナさんは腰に手を当てて牛乳瓶を口に当て、ごくごくと一気に飲み干した。

「ぷはっー‼　やっぱこれが定番よね‼　ほら、あんたたちもやりなさい」

「え、はい」

「おっけー」

そう言われて、2人とも同じように牛乳を飲み始める。

……なんだろう。

3人とも美人なのに、ダメな女のように見えて仕方ない。

親父臭い飲み方してるからか？

「あ、そうそう。ユキ、予定通りに決闘で勝負つけることになったわ。明日の昼。向こうの桜並木で。風流でしょう？」

「風流なのはお前だけだ」

うん。俺たちは現場で戦うんですが。

「あ、そうでした。タイゾウ殿。お話が……」

牛乳を飲み終わって、口に白い跡を残して、ヒフィーさんがそう切り出すのだが、その話はすでに終わっている。

「勝負に参加させてもらいます。無論、ヒフィー殿の側で」

「え？　なぜ？」

「簡単です。彼らよりも、貴女の方が私にとって心地が良い。それだけです」

「ほほー」

「タ、タイゾウ殿⁉」

「研究施設を下手すると丸ごと接収されかねませんからな」

「ああ、なるほど」

「……」

あ、コメットさんは納得したけど、ヒフィーさんは無表情になった。

「と、試合は明日なのですな。では、ユキ君。私も、露天風呂に入っていいだろうか？」

「ええ、構いませんよ」

「よし、君たちも付き合え‼　久々の露天風呂だ‼　日本人の命の洗濯だ‼」

そう言って、ヒフィーさんを無視して男湯に連れていかれる俺たち。

……ダメな大人や、泰三さん。

第318掘：一の太刀を疑わず　二の太刀要らず　これ示現流といふなり

side：タイゾウ・モトメ

桜が風に吹かれ、花びらを散らし、風に舞い、空を桃色に染め上げる。

「まぁ……」

「こ、これは、凄い……ね」

私にとっては懐かしい光景だが、彼女たちにとっては初めて見る、自然が織りなす芸術と言うところか。

まあ、そう思いつつ私も桜吹雪から目が離せない。

8年ちょっと。私が生きてきた時間からすれば、そこまでないはずなのだが、この光景は郷愁を思わせる。

いつも、桜が咲く時期は皆で騒いだものだ。

「準備はいいわね……って、タイゾウ、あんたその格好でいいわけ？　刀勝負なんでしょう？」

ルナ殿が両者の準備を確認していて、私に目が留まり、そんな声をかけてくる。

今の私の服装はいつもと同じ軍服だ。

和装ではない。

「示現流はいついかなる時も刀を持って戦える実戦派であり、現実派なのです。和装とは当時の主流の服装なだけであって、刀を持つ時の正装というわけではありません」

「えーと、準備はOKってことね？」

「はい。その通りです」

示現流は、世の中に認識されていることと、違いが多々あったりする。

まずは服装。

道着などという、剣を習うための服装など存在しない。

着の身着のまま、教えを乞いたいという者がいれば教える。

剣を持てば、それで練習ができるのに、わざわざ道着など着る理由が思いつかない。

敵はこちらが正装であろうが、裸であろうが、襲ってくる時はいつでも襲ってくる。

なれば、どのような状態でも戦えるという心構えが要るのだ。

つまり、いつも着ている服こそが練習する上で一番最適と言えよう。

『剣を握っていれば礼を交わさず』

戦いに、生死に、礼など必要ない。

ましてや、命をとれる凶器という刀を持っているのであれば。

生き残らなければ、意味はない。

誇《ほこ》りは必要ないとは言わないが、生きることの方が重要だ。

それだけ、激しい世の中だったということだ。

「君も、それは分かっているようだな……」

そして、それを知っているのは私だけではない。

遠い血縁者、タイキ君も、私と同じように、着の身着のままで、刀を握っている。

「泰三さん。それ、エオイドに預けた剣とは別ですよね？」

「ああ。あれは日本からこっちに来た時に身に着けていた本物だ。これは、こっちに来てから作ったものだ。より、実戦的にな」

「……それ、詐欺《さぎ》じゃないですか？」

「大事な物を渡したという事実は変わらない。武器を持たないとは言っていないからな」

「ま、無手相手なのはあれですから、いいか」

そう言って軽口を言いながら、お互い自然と構える。

示現流にはこれといった構えは存在しない。

まあ、正眼が一応一般的であるが、そもそも実戦を想定しているので、構えを整える時間があるとは限らない。

なので、己に合った構えになる。

タイキ君は八相、私は逆袈裟。

お互い、刹那も目を離さずに互いにじっと見つめる。

時が止まるような感覚に陥《おちい》る。

しかし、彼の目に躊躇いは存在しない。

この世界で揉まれてきたのか、はたまた、素からあった資質なのかは知る由もない。

それでこそ、私が敵対する道において正しい姿勢だ。

彼らの話すことは、おそらく、総合的には正しいだろう。

だが、前も彼らに言ったように、それでは厄介《やっかい》な物が残る。

いや、そういう物を完全に排除するというのは無理な話だ。

この場合、厄介な物、残る物というのは、ヒフィー殿やコメット殿たちのことだ。

彼女たちはたしかな意思と目的をもって、今の世界に反旗を翻した。

この出会いが宣戦布告前であれば穏便に済んだかもしれないが、世の中そうはいかないらしい。

彼女たちの準備はすでに整ってしまったのだ。

そこに、いくら上司とはいえ、今まで音信不通、手段はお任せの相手が来てもおいそれと納得はできないし、私という異物からの特殊な技術も相まって、意固地というか半ば確信をもって目的の遂行が可能だと思ってしまう。

人にはよくありがちな話だ。

相手が、自分たちよりも上なはずがないと。

それも分からなくはない。私のような中年より、年若い少年たちが技術において遥か上を行くなどと、誰がそう簡単に信じられるか。

ちゃんと、お互いのことを話せる状態であればその問題も解消できたが、今となっては無理な話、上司から手を引けと言われて、彼らの方が上などと言われても、どこまでが真実か測る術はない。

私としては彼らの方が上だというのは真実だと思う。

しかし、それではダメなのだ。

私だけが彼らについても彼女たちは矜持《きょうじ》を曲げたりはしないだろう。

結局、この決闘が終わってもわだかまりを残したまま最悪、内応、内戦状態に陥るだろう。

……私が残した兵器を手に取って。

だから、私はこちらに残らなくてはいけない。

あくまでも、彼女たちの側に立って、技術の無作為な戦争への使用を制限する必要がある。

ルナという上司が止めればいいのだが、今回の決闘を見る限り、彼女たちがそれでも戦うというのであれば止めはしないだろう。

それも含めて、世界の管理、というふうに感じた。

この決闘でヒフィー殿が納得しなければ、血みどろの戦いになる。

私はその血みどろの戦いになった時、せめて、被害を最小限にし、若者たちが未来を掴む日を早めてやるべきだろう。

それが、この世界で兵器を生み出し、それを良しとした私の責任だ。

そんなことを考えていると、桜がはらりと目の前に落ちる。

「では、これより、決闘を開始するわ。はじめっ‼」

ルナ殿が声を張り上げる。

ただそれだけで、お互いに踏み出す。

タイキ君の真剣な視線がこちらを射ぬく。

良い表情だ。

見せてみろ、彼女たちを納得させ、私を越える未来を。

それがあれば、私の不安や対応も、ただの余計なお世話。

年寄りの冷や水にして見せろ。

未来の子よ。

彼は驚くべき速度で踏み込んでくる。

さすがにこの世界でレベルという物を上げただけはある。

だが、それは君だけではない。

「⁉」

彼が驚いた表情をする。

ここまでの速度が出ないとでも思ったか？

その程度であれば、ヒフィー殿たちに代わるなど到底不可能。

……一刀の下に叩き伏せるのみ。

「チェストォォォ‼」

一瞬の虚を突き、一足でタイキ君の懐にもぐりこみ、腹から声を張り上げ、逆袈裟に構えた刀を振り上げる。

だが、それに手ごたえはなく、虚しく刀は空を切る。

ふむ、一足で離脱したか。

しかし、私の空振りの隙を見ても踏み込んでこないということは、上辺だけの示現流を習っていたわけではなさそうだな。

文芸が一般化して昨今、示現流はある話によって、初太刀を躱せば素人《しろうと》同然という間違った話がある。

ある話とは、幕末期の新選組局長、近藤勇殿の「薩摩者と勝負するときは初太刀を外せ」という言葉が原因とされている。

しかし、近藤殿も、新選組の隊士も、そんな誤解はしていない。

示現流は実戦に即応した技。

つまり、初太刀以外の連撃も十分にある。

おそらく近藤殿は、初速の速い初太刀に合わせようとするなという言だったのだろう。

自分の流れに持っていけという話だ。

それで、タイキ君がなあなあで剣を習っていたわけではないのは分かった。

そして、私の虚を突いた一撃をあっさり躱して、連撃の範囲からも離脱していた。

カチャ……。

お互いに構えを元に戻す音だけが、桜吹雪の中響き渡る。

先ほどの体捌きからみて、剣の腕は私が上、身体能力はタイキ君が圧倒していると感じた。

このままでは、いずれ身体能力の差でやられるか……。

それはそれでいいのかもしれないが、今見るべきは、総合的なところだ、技術においても私たちを超えたと見せなければ意味がない。

だから、私も彼と同じように、こちらで培った力を見せるとしよう。

「……へ？　あれ？　ちょ、ちょっと⁉　や、やばっ、内部魔力が急激に減少してるんですけど⁉　ヒフィー、魔力頂戴‼　このままじゃ死体に戻っちゃう⁉」

「む、無理です⁉　わ、私も内部魔力が急激に……」

「はいはい。これぐらいガードしなさいな。ほい。そこから出るんじゃないわよ。しかし、さすが、日本からの召喚者ってとこね。この世界のスキル自体を封じてくるとは思わなかったわ。

正確には妨害ってところかしら？」

ほう、本当に自らヒフィー殿より上だと言うお方だ。

あっさり、魔力結合の妨害をカットされたか。

しかし、身内に被害も出る。無作為ではおいそれと使えないな。

まだまだ改良が必要か。

「……ジャミング、ですか」

「たしか妨害という言葉だな。君たちの時代にもやはりこういった物もあるのか」

「ありますよ。でも、ECMじゃなくて、魔力妨害、MCMをやるなんて思わなかったですよ……。まさか、身体能力向上どころか、全スキルを封じられるなんて」

「私もこちらに来て色々やったのだ。魔力自体の究明は進んでいないが、私独自の研究成果は色々出ている。さあ、これからが本当の立ち合いだ」

彼女たちとは違って、自分の身体の変調を冷静に受け止め、答えに辿り着いたか。

発想がすでに存在していたとはいえ、自分にそれが起こってよく平静でいられるな。

その胆力、その知性……称賛に値するな。

「君の優位はなくなった。それでもやるか？」

「はい。ここで引いては、薩摩隼人、大和男ではないですから」

この力場の中では、レベルや魔術という概念は消去されている。

本当に、ただの自然科学のみが支配する世界。

そこで発揮されるのは、己が鍛錬の積み重ねのみ。

ただ己を信じた者だけが立ち向かえる場所だ。

ザッ。

お互いに深く構える。

次がおそらく終わり。

それを私もタイキ君も理解している。

刀は本来一撃必殺、どこかのチャンバラの殺陣みたいに刃を打ち合わせては、刀はすぐにダメになる。

ただ単に、刀が相手に届くか、届かないか、それだけだ。

ぶあっ……。

風が吹いて、地に落ちた桜が空に再び舞い上がる。

お互いの姿が、その瞬間見えなくなり、私もタイキ君も前に出る。

先ほどの、身体能力向上の補佐もなく、今までの鍛錬を出し、前へ進む。

決して先ほどのように速くはない。

だが、お互いの気迫は離れても感じられるほどに上がっている。

桜の壁から刀が突き出て……。

ガキンッ‼
「⁉」
打ち合わせてきた⁉
刀を弾くことを優先してきたのか……。
ドスッ。
腹部に重い蹴《け》りがぶつかる。
たまらず私は後ろに押し戻される。
そして、それを狙っていたように、タイキ君が桜の壁から飛び出てくる。
そうきたか‼
剣術で不利ならば、剣術で勝負する必要はない。
剣を、刀を使わない範囲で戦えばいい。
つまり、体術勝負。
タイキ君は刀を防御に回して、私の懐に飛び込んで叩くつもりか。
ならば……‼
ガキン‼　ゴスッ‼
「ガッ……」
カランカラン……。

そんな音が響いて、お互いの刀が手から離れる。

賭けだったが、刀を投げて、タイキ君が防御に回った隙をついて、刀を叩き落とすことに成功したか。

しかし、見事に先手を取られたな。

剣術では優っていると驕っていたか。

示現流には無手の技も山ほどあるというのに……。

頭が固くなっていたな。

さ、お互い刀を回収させるようなことはないだろう。

なら……。

「行くぞ‼」

「はい‼」

後は、己が体を武器にするのみ‼

示現流は常に、全力で現実に立ち向かうのだ。

第319掘：本当の答えとの対峙

side：コメット・テイル

何と言っていいのか。目の前の光景は言葉では言い表せない。

幻想のような、桃色の風景で、自分で鍛《きた》え上げた体ただ一つで互いに対峙する、タイゾウさんとタイキ君。

正直に言おう。

タイゾウさんは彼らにつくと私は思っていた。

今回の件は、ただ単にヒフィーのわがままだ。

後には引けないが、タイゾウさんまで付き合う理由はない。

きっと、ルナさんが言うように、彼らの方が実力と実績があるのだと私も分かる。

それはきっとヒフィーも分かっている。

だけど、こんなことをしでかしたし、いまさらやめましたなんて言えないし、ヒフィー1人にその責任を押し付けるつもりもない。

この国にはそれだけ彼女の思いと願いが詰まっている。

だから、劣っていると、わがままだと分かっていても引くわけにはいかない。

タイゾウさんがそんな覚悟を持ってくれるとも、一緒にいてくれるとも思えなかったんだ。

でも、目の前のタイゾウさんは、文字通り私たちが驚愕《きょうがく》する術を持ち出してまで、自分の血縁者と殴り合いをしている。

魔力による、完全なスキルの封殺。

前代未聞の技術だ。

私やヒフィーの内蔵魔力まで急激に減っていたから、魔力を否定する技と言っていい。

レベルも何も関係ない。

本当に、目の前の戦いは、一撃が致命傷《ちめいしょう》となり得る緊張の場所。

そんな世界で、タイゾウさんや後任者たちは生きてきたのだ。

「なぜ、そこまで……」

私が口にしたかった言葉は、隣で一緒に激戦を見つめていたヒフィーが口にした。

彼女もやっぱり、タイゾウさんがこちらについてくれる理由を分かっていないみたいだ。

まあ、研究成果を奪われるかもって可能性も多少あるだろうが、それはほんの少しだと思う。

本当に大事なのは、研究する本人が無事だということだ。場所や材料、道具なんて揃えられるから。

何が、タイゾウさんをあの場所に立たせているのだろうか。

そう考えている間も、真っ向勝負の殴り合いが続いている。

　お互い、落とした武器を取りにいかせる隙など与えず掴みかかって、もう守ることもせずに相手を殴っている。

　しかし、研究職って割には、変に鍛錬してたけど、しっかりそういう心得があったんだね。

　これは私だと懐に入られたら勝負にならんね。

　いや、今タイゾウさんがしている、魔力無効化をされれば、手も足も出ない。

　……ヒフィーはそういう意味では、この世界にとって凄い切り札を呼び出したもんだ。

　でも、そんな人を、ヒフィーの目的のためとはいえ、身内と戦わせるっていうのはつらいものがある。

　私でも、こんな気持ちを感じるんだ。

　この原因を作ったヒフィーはどんな気持ちなんだろうか……。

　ゴッ‼

　そんな音で、思考の海から現実へ引き上げられる。

　何かを思い切り殴りつけた。そんな音。

　目の前には、桜の花びらが舞い散り、タイゾウさんが立っていて、地面にはタイキ君が横たわっていた。

　共に、そこから動こうとはしない。

　肩で息をしているのがこちらでも分かるし、彼らの顔や手は血にまみれている。

もう限界だったのだろう。

ザッ。

それも私の勘違いだった。

それでも彼らは動くことをやめなかった。

目はまだお互いに死んでいない。やる気が満ちていた。

動きと呼ぶには、本当に遅い。

でも、彼らはまだ止まっていなかった。

だけど、これじゃ、本当にどっちかが死ぬまで終わらないんじゃ……。

「そこまで。どう見てもタイゾウが有利。これ以上はダメージが大きすぎて生命維持《いじ》に支障をきたすわ。よって、この決闘はタイゾウ勝利とし、ヒフィー側の一勝とする。いいわね」

私の心配はルナさんのその言葉によって、杞憂《きゆう》となった。

はぁ、よかった。

しかし、ルールの定義は結構曖昧《あいまい》だから、ルナさんが止めるまではお互い全力って感じか。

うわぁ、私の場合、相手を殺さずにすむかなぁ。

ユキ君が相手なら、大丈夫だとは思うけど、他の知らない人はどの程度で調整していいか分からねー。

そんなことを考えているうちに、ヒフィーはタイゾウさんに駆け寄り、ユキ君もタイキ君に歩みよる。

「大丈夫ですか、タイゾウ殿‼　ああ、こんなになって……」

「いやぁ、心配させるような、見苦しい戦いを見せてしまって申し訳ない。タイキ君が、ここまでとは思わなくてですな。いつつ」

「心配はしましたが、見苦しくなど断じてありません。タイゾウ殿とタイキ殿の決意のぶつかりはこちらの心に響きました。だから決して、見苦しくなどありません‼　さ、治療を……」

そう言って、すぐに治療にかかるヒフィー。

うん、見苦しいとは私も思わなかった。

あれは誇るべき決闘だと思う。

負けたタイキ君も称賛されていいと思う。

で、そのタイキ君は……。

「いてて……。すいません。負けちゃいました」

「ほれ、ポーションかけるぞ」

「うわっ、冷たい⁉　染みる⁉」

「そりゃ、キンキンに冷やしてたからな。まさか外傷盛りだくさんの殴り合いに発展するとは思わなかったわ。クールダウンの意味合いで冷やして、飲むだろうと思っていたポーションを．まさか頭からドバドバかけることになるとは思わなんだ」

うん、私も殴り合いに発展するとは思わなかったよ。

でも、冷やしてもポーションは冷たいだけで、牛乳みたいに美味《おい》しくいただけないと思うよ？

だって、材料にっがい草だし。

「ああ、そう言えば栄養ドリンクっぽい配分にしてるから、非常にベタベタすると思うぞ」

「うぇ⁉　本当だ⁉　ってなんでかけるんですか‼」

「いや、外傷にはポーションかけるのがいいだろ？　切り傷は内臓とかも傷ついてる可能性もあるから、飲む方がいいんだが。と、ほれ。一応、外からかぶるだけじゃなくて飲んどけ。次の日いきなりクモ膜下出血とか、俺たちの試合全部終わった後に真っ白に燃え尽《つ》きてたりしたらアイリさんに怒られるわ」

「クモ膜下出血は怖いですけど、後半の真っ白に燃え尽きたは、アレ主人公死んでないですからね」

「あ、知ってたか」

「知ってますよ。って、本当に栄養ドリンクですね……鷲《わし》のマークの」

「おう、タウリン１０００㎎配合」

「リポ……って、違う違う。これを頭からかけるとか、酷くないですか⁉」

「いや、圧勝できないタイキ君が悪い」

「うぐっ、でもあの泰三さんのスキル無効化というか、魔力の否定みたいな技術が……」

「なに言ってんだか。ルナはガードしてたし、タイキ君も元に戻されてないだろ？」

「あ、そう言えば。つまり……」

「完全にってわけじゃなくて、魔力に連なる系のスキルが封じられたって感じだろうな」

あ、なるほど。

たしかにルナさんが作ってくれた防壁で魔力流出は止まったし、対処法があるのだから、魔力の全否定というより、一部に特化したと考えるのが普通だね。

あの時は、私の生命維持の問題もあったから、そんなこと考える余裕がなかったよ。

いや、死体維持かな？

まあ、無事だったから結果オーライ。

試合前に、味方の攻撃に巻き込まれてお陀仏するところだったよ。

と、そんなことを考えているとタイゾウさんの治療が終わったのか、ヒフィーが付き添って、タイゾウさんと一緒にこちらに戻ってきた。

「いや、なんとか勝利をもぎ取りました。しかし、彼らの思いは本物のようだ」

そういうタイゾウさんは、迷いは晴れたと言わんばかりのすがすがしい顔だ。

「はい、それは分かりました。あの真っ向からのぶつかり合いで、邪念など感じませんでしたから」

「だね。あの殴り合いでそんな思いがあれば、馬鹿でも分かるよ」

あの場面で、変なことを考える奴は絶対に動きが鈍る。

だけど、そんなことは、タイキ君にはなかった。

ただ、タイゾウさんと競い合っていた印象しかない。

「というか最後、お互い笑いながら殴り合っていたしね」

「は？　私たちがですか？」

「あー、お互い気が付いてなかったんだろうね。もう、これでもかってくらい笑顔だったよ」

「はい。あの姿を見て、邪推などしようがありません」

あんな殴り合いをするのは、稽古で純粋にお互いを高め合おうとしている子供ぐらいだ。

大人になればなるほど、そういう戦い方はできなくなるのだが、あれはそんな、純粋に相手を超えてやるという戦いだった。

「これは恥ずかしいところを見られましたな。と、恥ずかしいので、休ませてもらいます。次はコメット殿、頼みます」

タイゾウさんはそう言って、桜の幹に背中を預ける。

見た目は治療できていても疲労はまだまだあるみたいで、ふーっと呼吸を整えている。

「あいよー。任せといて。このまま二勝目も持っていけば、勝利はかたいでしょう」

この勝負、実は総当たり戦みたいなものだ。

こっちが二勝しても、残りの一人に全員が負ければそれで終わり。

本来なら、このままタイゾウさんが次の試合に出るべきだろうが、この状態だ、私が次に出るべきだろう。

実際勝利はしているし、ルナさんという審判から見ても、こっちが有利なはずだ。

私情で、全敗した相手を勝利なんていうような性格じゃないからね、彼女は。

どれだけのんびりできるかだ。

……私の知り得る神とは違う印象ではあるが、ルナさんはそういう人である。

「タイゾウは棄権ね。ま、それがいいでしょう。で、次はコメットね」

「さすがに、ヒフィーは最後だからね。私の番だよ。で、私の相手はユキ君かな？」

そう言って、相手を見る。

そこにはタイキ君をタイゾウさんと同じように桜の幹に放って、こちらに戻ってきているユキ君がいた。

向こうは最初から2人だったから、ユキ君が普通に二連戦かな？

でも、そういう人材不足も減点なんだよね。

たぶん私、そしてタイゾウさんを超える力があるんだろうけど、それだけじゃ世界に対応できない。

ヒフィーはそんな若造に世界を任せることはないと思う。

でも、そんな私の考えとは違い、ユキ君はルナさんに対して何かを話しかけていた。

「ふんふん。あー、うん。そうね。ちょっと待ちなさい。コメット」

「なんですか？」

「ユキがあんたの因縁の相手と勝負させたいって言ってるのよ。4対1になるけどいいかしら？」

「いや、さすがに4対1はどうかと思うけど。そもそも、因縁の相手って誰だい？」

「顔を見たら、乗り気になると思うわよ。いいわ、ユキ、連れてきなさい」

「へいへい」

そう言って、ユキ君は何やら、魔術での連絡を取り、すぐに呼んだであろう、4人がこちらに向かってきているのが分かった。

「ああ、アレが私の相手……」

「嘘……」

その4人に、私とヒフィーは絶句した。

1人は、幼いと言っていいほどの小さな女の子。ポープリ・ランサー。

1人は、綺麗《きれい》な顔に似合わず、ゴッイ騎士甲冑を着こんだ美女。ピース・ガードワールド。

1人は、青い髪をなびかせ、少女の風貌を残し、いつか見たことのある剣を握る。スィーア・エナーリア。

1人は、金色の髪を短くし、少年のようにも見え、剣を握る。キシュア・ローデイ。

「どういうことだい？　ポープリは分かるけど、あとの3人は、全員死んだとばかり思ってたけど。特に、ベツ剣を持った2人なんて、ヒフィーの計画で使い潰されたはずだけど……」

「コメット……知っていたの？」

「そりゃね。ヒフィーが自室で懺悔《ざんげ》していたのは知っていたし、それ自体を咎める気はないよ。結局、彼女たちも道具に頼りすぎたという事実は変わらないんだから」

精神制御に失敗したとはいえ、結局のところ、それは剣を持たなければそうならなかったのだ。

私を切り殺したのはまあいいとしよう。

その後、自分たちの手で立たず、私の名残を利用し続けた結果というやつだ。

「さて、後輩のユキ君。説明してもらおうかな？　たしかに、私は彼女たちをある種の実験台とした。だが、駒にするためじゃない。言い訳に聞こえるかもしれないが、私なりの分別があってのことだ。彼女たちを、私と同じように洗脳しているのならば……」

てめぇ、覚悟はできてるんだろうな？

そういう視線を飛ばすが、ユキ君本人はどこ吹く風で、あくびをしている。

……なんか違うな。やる気が全然感じられない。

というか、わざわざ面倒くさいことをして、疲れている表情だ。

こりゃ、まさか……。

「お久しぶりです。我が師。ダンジョンマスター、コメット」

そう口を開いたのはポープリだ。

うん。相変わらずちっこいね。

あの時のままだ。

ちょっと、視線や仕草は大人びすぎている気がするけどね。

あと、杖《つえ》のサイズ、自分に合わせた方がいいよ？

「……杖は自分の趣味ですので。ほっといてください」

「あれ？　口に出してたかな？」

「いえ、顔を見れば分かります」

うんうんと頷く、その他３人。

「えーと、それはごめんよ。で、なんか会話から察するに、この勝負は君たちが望んでいるってことかな？　それとも、精神制御受けてる？」

「はい。この勝負は私たちが自ら望みました。ベツ剣を持っている彼女たち2人も、その制御はすでに外されています」

「へー……ふむふむ。ありゃ、精神制御の部分が、私の知らない、より高度な術式に変わってるな。で、スィーア、キシュア、君たちは自らの意思で、私を本当に斬りに来たのかな？」

「はい。コメット様。あの時のように、感情に任せてではありません」

「他の皆からも託されました。今、ベツ剣を持って戦える私たちが、コメット様のために立ちます」

「他の皆って……まさか」

「はい。後任のダンジョンマスターがいるエナーリアに仕掛けたところを、私たち2人は捕まり、残りの皆も、ローデイに向かうダンジョンマスターを襲って返り討ちに遭い、捕縛されました」

……なんつーか。

「ヒフィー。なんかすごく運悪くない？　いや、ある意味私にとっては喜ばしいことだけど」

「……」

視線をそっとそむけるヒフィー。

まさか、そこまで前から関わっていたとは思わなかった。

「うん。色々運がいいのか、悪いのか分からないけど。最後の1人、ピース。君はいいのかい？　彼女たちと轡を並べて。ユキ君たちの方針は、世界を滅ぼす方法を取ったピースの考えとは違うはずだけど？」

そう、最後に、魔王と呼ばれた私の片腕に声をかける。

彼女は私の死を悼んで、ベツ剣を持った仲間たちを敵に回し、世界を滅ぼそうとした。

ある意味、今の私たちと似た思想だ。

「マスター、申し訳ない。私は学びました。新たなる道を。それを往くために、マスターと対峙させてもらいます」

1人1人の顔に迷いはない。

……こりゃ、受けて立たないと、私の存在意義にかかわる。

「ふふっ」

自然と笑いがこみ上げる。

だって仕方ないじゃないか。

長い遠回りだったが、彼女たちは後任のユキ君が見せてくれた道を自ら選び取って、私と対峙しようとしている。

あの日叶《かな》わなかった、問答の答えが出たのだ。

「私は、今の世界を壊して、新しい世界を作ろうと思う。君たちはそれに反対なんだね？」

「はい。私たちの望みは今の世界を守り、壊すことなく、次の世界に発展させることです」

ポープリがそう答えて、自然と全員が構える。

「なら、それを見せてくれ‼　君たちが信じた可能性を‼　その力を‼　希望を‼」

「「はい‼」」

私の物語はすでに終わったとばかりと思っていたが、まだ続きがあったみたいだ。

……本当に人生、死んでも何があるか分からないね。

さあ、手加減は無用だ。

小娘共に後れを取るほど、なまっちゃないない‼

side：ユキ

「シリアスって知ってるか？　こう、朝に簡単に食べれる物でな。牛乳とかかけて食べると、カルシウムも多く摂取できてな……」

「いや、ユキさん。それシリアル」

「……しかたねーじゃん。真面目すぎてつまんねー。そろそろぶっ壊したくなってきたんだけど。イライラしてきた」

「予定通りでしょう⁉　落ち着いて、今、横槍《よこやり》入れると、今までの準備ご破算だからな‼」

「分かる。分かるけどさ‼　このメール見てまだ我慢しろと‼」

「分かってますって、だから本当にあと少しだけ我慢してください‼　あと少しだけ我慢すれば後は好きにできますから」

「……分かった。あと1分待つ」

「待ってないですからね、それ‼」

しゃーないじゃん。

本当にそれだけ辛抱たまらん。
……あー、早く終わらねーかな。

第320掘：物は使いよう

ｓｉｄｅ：ポープリ・ランサー

私の目の前に立つのは、ダンジョンマスターラビリス殿の前任者、コメット・テイル。

今は代わりに代理のユキ殿が来ているが。

よもや、彼女が生きているとは思わなかった。

いや、アンデッドだから死んではいるのだが、こうやってお互い面と向かって話すどころか、意見を違えて、ぶつかるなんて想像だにしていなかった。

しかも、知略の回るユキ殿がこうやって私の願いを聞き届けてくれるとは思わなかった。

「決闘かい？」

「ああ。あの駄目神、ルナがそういう方向にもっていくって息巻いてる。どこまで信用していいか分からんが。ひとまず、これで多少はお互いを知るいい機会ができたわけだ。決闘まで行かなくても、最悪、こっちであの3人を押さえれば、ヒフィー神聖国に問題になりそうな相手はいないからな。ということで、本目《もとめ》さんはタイキ君が相手するから、余計な横槍はしない。本目さんは大人の対応で、向こうに付きそうだからな。残るはヒフィーとコメットなんだが、少しでも情報を聞き出しておきたい。勝率を上げるための情報収集ってやつだ」

「なるほど……。それで私や、ピースを集めたんだね」

さすが、ユキ殿。

こういうことに関しての動きは的確すぎる。

私たち以上の情報源はいないだろう。

「そういうこと。聖剣使い……ってあれ聖剣じゃなくて、便利ツエー剣だっけ？　スゲー安直な名前だな。言いにくい」

「『ベッ剣』って本人は呼んでいたよ」

「……ベッ剣。ネーミングセンスはどうにかならんのか？」

「それは私に言われてもなー。そもそも、自分が作った物に大層な名前をつけるってよほどだろ？」

まあ、ネーミングセンスが、という意見は、私も概《おおむ》ね同意だけど。

あの研究馬鹿の師にそんなことを言っても無駄だ。

本人が分かりやすいってのが大事なだけ。

「そりゃそうか……。ま、武器の名前はほっとこう。で、ヒフィーやコメットの戦い方とか知ってるか？」

「ヒフィー殿のことは全然知らないなー。彼女が神様だったなんて初耳だし」

「私も知りませんでした。マスターの良き支えとなっていた人としか……」

「なるほどな。ヒフィーは本当にあくまでもこっそりだったわけか。ルナの言っていることの裏打ちがとれたな。ま、手札が分からないって厄介な話なんだが」

「司祭だった、みたいなことぐらいしか知らないな」

「ですね。多少回復魔術に長けているぐらいです」

しかし、私も今回の騒動をヒフィー殿が引き起こしたなんて信じられない。

あの人は、いつも優しく微笑《ほほえ》んでいたお姉さんだったから。

回復魔術だけは、師からではなく、ヒフィー殿に丁寧に教えてもらった記憶もある。

その、師は無茶苦茶な明後日の方向で実現するタイプだから。

「ふむふむ。少なくとも、自分で回復しつつ戦えるから、持久戦はできるわけだ。ヒフィーの方は、勝負の時に初手で、全力で潰すぐらいしかないな」

「様子を見ないのかい？」

「そうです。相手の実力を測らないのですか？」

「え？　あー、そういうやり方もあるが。俺としては、そういう相手は速攻で叩き潰す。追い詰めると厄介なことになりかねないってのは、お約束だからな」

「お約束？」

「……俺の故郷の常識だと思ってくれ。ということで、ヒフィーはいいとして、コメットの方は、その口ぶりだと知ってるのか？」

「そりゃね。私の魔術の師匠だよ」

「私は、マスターの護衛でしたから、彼女の戦闘スタイルは理解しています」

「『完全な魔術師タイプ』」

そう、彼女の研究分野は魔術、魔力に関して。

その彼女が、魔術を使えないなんてことはない。

むしろ、私が知り得る限り、今まで最高の魔術師だ。

ユキ殿と比べると、なんていわれると、正直、ユキ殿の全力を知らないので、なんとも言い難い。

だが、師は自分の魔術師としての欠点も知っていて、それを改善するための研究も怠《おこた》らなかった。

つまり……。

「しかも、近接もそれなりにこなせる凄腕だよ」

「はい。マスターは本来であれば、私の護衛すらいらない実力者です。しかし、本業は研究の方なので、護衛というより、お世話係ですね。ヒフィー殿と一緒に、研究室で爆睡しているマスターを運んだり、ご飯を食べさせたりしていました」

「要介護者かよ……」

ピースの役割は、当時そんなんだったね……。

正直、ヒフィーと並んで、お母さんとしての認識が強く、師が連れてきた孤児たちには好かれていた。

だから、その生活をぶち壊した彼女たち聖剣使いに怒り心頭だったというのはよく分かる。

私はどっちに付くわけにもいかず、孤児たちの場所を守ってひっそり争いが過ぎるのを待ったんだ。

「ま、話は分かった。でも、それは当時だからな。今はもっと腕が上がっていてもおかしくはないいか」

「だね。強くなっていると思って間違いないと思うよ」

「ポープリに同意です。マスターが当時のままというのはあり得ません」

「じゃ、もう少し詳しくいいか？　得意な魔術とか、本人の性格とか、そこら辺から予測して……」

「いや、ちょっと待ってくれないかい？　私から提案があるんだ」

ダメ元だった。

後始末を押し付けておいて、彼女と会話、対峙する機会を得たいがために、私はこう口を開いた。

「私たちがコメット師の相手をする。決闘方法は総当たり戦みたいなんだろう？　それでユキ殿が戦う前に、手札を開かせてみる」

「なるほど、そりゃいい。俺も散々迷惑かけられたから、意趣返しにもなるし、相手の手の内を開かせるには、お互いをよく知る者同士、新しく作った手か、隠していた手を見せるしかないな」

内心おどおどして提案したのだが、あっさり受け入れられ……。

「ついでだ、最近落ち着いてきたスィーアにキシュアも連れていけ。他の聖剣使いは精神制御が残っていて不安定だけど、あの2人なら、ポープリとピースに力を貸してくれるだろうよ。4対1だけど、向こうの身内だったメンバーだ。嫌とは言わないだろう」

「……4対1を推奨していますが、ユキは私たち2人ではマスターに及ばないと?」

「及ばないね。ポープリもピースも多少底上げはしているが、俺の鑑定スキルだとコメットのレベルは400超え、ヒフィーに至っては800を超えている」

「「……」」

私も訓練したがせいぜい200ちょっと、ピースも250、聖剣使いたちは150……。

数字だけ見ればまったく勝ち目がない。

「4対1で、コメットの手の内をある程度理解している。そこが勝機だろうな。まあ、俺が後に控えているから、全力でぶつかってみればいいんじゃないか?」

負けがほぼ確実だというのに、ユキ殿は私たちが戦うのを止めなかった。

おそらくは、師やヒフィー、そして私たちの気持ちをなだめるため。

気持ちを汲んでくれたのだ。


目を開ければ、桜の花びらが深々降る光景が広がり、地面を桃色に染め上げる。

そして、眼前には我が師、コメットが嬉しそうにこちらを見つめ、杖を構え立っている。

「うん。両者ともやる気満々ね。じゃ、試合を開始するわよ。……始め‼」

ルナ様がそう言って、勝負開始の合図をする。

「最初から全力で行きます‼」

「いい魔力だ……見せてくれ‼」

私の言葉に、師はそう答える。

予定通り、私の宣言で師はこちらの攻撃を見るつもりだ。

研究職としての性か、それとも私たちの成長を見たいのか、どっちか分からない。

が、これが私たちの最初で最後の勝機だ。

ユキ殿の情報通りなのであれば、レベル自体がかけ離れているので、手の内を探るような真似をすればこちらが先に力負けするのは目に見えている。

なら、４人が万全の態勢で臨める、最初の攻撃に全力をつぎ込むのみ。

打ち合わせや練習は、時間が許す限り散々した。

あとは、実行するだけだ。

ぶつけるだけだ。

私たちの、貴女《あなた》がいなくなってからの時間を‼

即座に私が放てる最大威力の魔術を放つ。

純粋な魔力を熱に変えたような光線で、一直線に師へと向かっていく。

普通に受ければ焼けただれるどころか、炭になる。

「ほほう。たしかに、時間をかけないでやるにはこれが効率がいいな」

それを見ても師は慌てもせずに、あっさりと正面から同じ魔術を撃ち、霧散させる。

エリス殿と同じ手法をとってくるか。それだけ実力差があるということ……。

だが、そんなことは百も承知。

手数で攻めて、仕込む。

連続で撃ち、私に意識を向かせる。

「うんうん。連射に精度も合格だ。でも、この程度じゃないだろう?」

「もちろんです」

そして、予定通りに打ち込んだ一つが綺麗に迎撃《げいげき》され、あたりを閃光《せんこう》が包む。

「おおっ⁉」

これはユキ殿から教えてもらった、スタングレネードの一部を再現したものだ。

今まで、敵にいかにダメージを与えるかということを重視していたので、こういう絡め手はなかなか思いつかなかった。

本来は、人質救出などで安易に武器を使えない時などに使う物らしいが、こうやって、格上相手の隙を作るのにももってこいだ。

そもそも、光を凝縮して目を眩《くら》ませるより煙幕や砂煙の方が簡単にできるので、まずこんな方法はとらない。

しかし、相手は元ダンジョンマスターであり、魔術師のコメット。

煙幕や砂煙は魔術であっという間に吹き散らされてしまうし、ガードされてしまう。

だが、閃光なら話は別だ。

吹き散らすこともできなければ、自分で視界を塞ぐしか、ガードする術がない。

それは、私たちにとって、最大のチャンスだ。

後ろに控えていた、ピース、スィーア、キシュアが飛び出す。

魔術師にとって、一番大事なのは相手との間合い。

いかに、自分の射程、呼吸で戦うか。

相手にペースを奪われると、魔術師は魔術の行使が非常に難しくなる。

現実の展開に慌てて魔術のイメージができなくなるので、発現ができなくなるからだ。

ガキンッ‼

「驚いたけど、これぐらいじゃ……」

予定通りに、この3人の不意打ちもあっさり止められる。

たしかにペースを乱されると魔術行使は難しくなる。

だが、それを鍛錬して乗り越えて、一流の魔術師と言われるのだ。

私の師がこの程度で自分のペースを乱すわけがない。

エオイドと同じように魔力操作で物理的な防壁を作って、あっさり三方からの剣を止めた。

……これで、師の三方を押さえた。

それを確認した私は、もう一発撃ち込む。

これを師は迎撃せざるを得ない。

「同じ手は何度もきかないよ。顔を向けなけれ――」

ドンッ‼

師の言葉を遮《さえぎ》り、閃光だけでなく、凄《すさ》まじい爆音が響く。

ちょうど顔を背けた師の耳に、直接叩き込むような感じで。

これをスタングレネード、フラッシュバンという。

付近の人間に一時的な失明、眩暈、難聴、耳鳴りなどの症状と、それらに伴うパニックを発生させて無力化する。

それだけ威力があるのだから、心臓などが悪い人は最悪ショック死する可能性もある。

距離が開いている私でも、多少耳がおかしくなる。

師を近距離で押さえていた3人は次の行動に移れるか？

私は動かない4人を見て、追撃の準備に移る。

もう一発、スタン魔術をぶち込んで、完全に行動を封じて、一緒に魔術の連打を撃ち込んでこの勝負を終わらせる‼

隙を逃すまいと放った魔術は、横から飛んできた妙な魔術に包まれて、小さいポンッという音を立てて消えた。

「はいはい、そこまでー。この勝負、ポープリたちの勝ち。あー、耳鳴りが酷いわ……まさか、こんな手段をとってくるとは思わなかったわ」

ルナ殿がそんなことを言いながら耳をぽんぽん叩いている。

「ボケっとしてないで喜びなさい。コメットはノビてるわよ」

「え？」

私が視線を師に戻すと、ピースに抱えられて目を回していた。

「どうやら、あの一撃で目を回したみたいですね」

「さすがに、音を攻撃に使われるとは思わなかったのでしょう」

「近距離だったからね。私もくらくらする」

スィーアもキシュアもふらふらしているから、相当な音だったのだろう。

「スタングレネードの強化版ね。向こうでヒフィーとタイゾウもひっくり返っているから」

そう言われてそっちを見ると、ヒフィー殿も耳を押さえてへたり込んでいるし、タイゾウ殿は頭を振っていた。

「ふむ。これはあんたたちだけでヒフィーも押さえられたかもね。さて、ほらコメット起きろ」

ゴンッと頭を殴られる師。

「いったー⁉　相変わらず容赦《ようしゃ》ないね‼　この美少女の髪が乱れるよ⁉」

「やかましいわ。周りに世話をしてもらってる、自称美少女が聞いてあきれるわ。というか、さっさと負け犬は戻れ」

「は？　負け犬？　って、そういえば勝負してたっけ？　あれ？　負けた？」

きょとんとあたりを見回す師。

一応、顔を向けられたみんなは頷く。

「……はい？　爆音で気絶？　私攻撃らしい攻撃してないんだけど？」

「そうね。負け犬も負け犬。様子見してて、そこを突かれて実力を出す前にやられたわね。馬鹿の極みね」

「ちょ、ちょっと待った‼　も、もう一戦‼　り、リベンジを‼」

「ん？　そんなの勝手に後でやりなさいな」

「そ、そんなー‼　いいとこなしだよ‼　あんまりだよ‼」

そういって、ルナ殿に泣きつく師。
……ああ、こんな人だった。
孤児の子供に晩御飯を一つ取られて、マジで追いかけてたっけ。
疲れた。

第321掘：逃げ道を塞ぐ

side：ヒフィー

まだ頭がくらくらします。

それは、この幻想的な風景に見とれているわけではなく。

あのポープリが放った、爆音の魔術によってです。

まさか、音だけの魔術でここまでのことができるとは思いませんでした。

それなりに離れていた私でさえこれなのだから、間近でこの爆音を聞いたコメットは気絶してしまい、敗北しました。

コメットの敗北は驚きましたが、心のどこかで私たちが相手を侮っていたということでしょう。

私も負けるというイメージがなかったのです。コメットも同じように、負けるイメージがなく、あの行動に対応できずにやられたのでしょう。

こう言ってはコメットに悪いですが、これで私の目も覚めました。

心のどこかにあった油断は、さっきの光景で消し飛びました。

おかげで、万全の体制をもって臨めます。

ユキ殿、あなたの頑張りは分かりますが、ここは譲れないのです。

そう思いを込めて、桜吹雪の奥に立つユキ殿を見つめるのですが、ポープリやピースたちと何やら話していて、私が見つめていることに気が付いていない様子です。

きっと、あの魔術もユキ殿からの提案でしょう。

あれぐらいの発想がないと、大陸を維持する魔力を確保はできないはずですし、ルナ様もこちらに送ったりはしないでしょう。

「さて、ヒフィー、どうする？　棄権してもいいのよ？」

「いいえ。無理を言っているのは私ですし、これでは私は納得できません。私の手に大陸を委ねても構わないと、ルナ様にも、ユキ殿にも納得してもらいます」

「……はぁ。まあ、私の非もあるから、何とも言えないけど。ユキ相手に負けたら大人しく引き下がりなさいよ？」

「……負ければ、善処します」

「ま、納得しろとは言わないけど、身内で馬鹿な勢力争いはやめてよね。それがないように、この決闘を設けたんだから」

「それは、理解しています」

この決闘を設けた理由は、内輪揉めでお互いを潰し合って欲しくないから、というのは分かっています。

ここまでルナ様が干渉《かんしょう》してくるのは珍しいこと。

それほど、私たちの処罰《しょばつ》を決めかねているということです。

昔いた横暴者の神たちは問答無用で神格を剥奪されましたし、それから考えれば、私たちは与えられた使命を遂行できなかったと言われて、すぐに処罰されていたはずです。

ルナ様は迷っているのです。

ですから、この決闘の場で勝利を収め、堂々とこの大陸を改善していく様子をお見せすればいいだけ。

こちらとしても、ルナ様がそこまで重宝されている相手と事を構えたくはありません。

この機会で私たちのやり方に納得しろとまでは言いませんが、黙認して手出し無用であればいいのです。

使者の護衛として来ていましたから、こちらの大陸で作った繋がりの知り合いがいるでしょうから、そちらはこちらでなるべく手厚く扱うといえば納得してくれるでしょう。

……負けた時は、しっかりとした、この状況、戦争回避の解決案、そして大陸の魔力枯渇を解決する案を見せてもらわなければ、引くわけにはいきません。

もう少し、早く出会っていれば、こんなぶつかり合いなどせずに協力し合えたでしょう。

でも、もともと彼らには関係のないこと。タイゾウ殿は自ら手を貸してくれましたが、それを彼らにも求めるのは都合がよすぎるというもの。

そう、彼らのためにも、先人として、私たちで問題ないと示さなければいけないのです。

「おーい。ユキ、そろそろ準備はいいかしら？」

「ん？　ああ、いいぞ」

そう言って、ユキ殿はのんびりとこちらに歩いてきます。

ルナ様に対して敬意のない返事ですが、それを言えばコメットも該当するので、こちらから注意するわけにもいきません。

見た目はタイゾウ殿よりも若い青年。

このような青年が何をどうすれば、わずか数年で他の大陸の魔力事情を解決できたというのでしょうか？

彼は何を胸に秘め、関係のない異世界へときたのでしょうか？

気が付けば、ユキ殿は目の前まで来ていて、それに合わせるように風がなびき、桜が宙に舞います。

「さてと、ヒフィーさん。準備はいいですか？」

ユキ殿が普通に話しかけてきます。

これから決闘などという感じもない、普通に挨拶をするような感じで。

「はい。ちょうど一勝一敗、そちらの覚悟も分かった次第です。私たちの結果で決まるでしょう」

「……ん？　ああ、いえいえ。一勝一敗じゃないですよ？　これからが本番なので、コメットさんとタイゾウさんを呼んでください」

「え？」

言っている意味が分からなかった。

これから本番？　じゃあ、今までのはなに？

「ど、どういうことでしょうか？」

「いや、普通に落ち着いて考えてください。タイゾウさんとタイキ君はただの親戚同士の剣の打ち合いですよね？」

「……えーと、はい。そういう面もあるかと、でも、一応ユキ殿の側ですよね？」

「俺の側ですけど、タイキ君はほとんど部外者ですし、彼がダンジョンマスターなんて言ってないよな、ルナ」

「ええ、言ってないわよ」

……はい？

つまり、ただの2人の競い合い？

「で、では、コメットとポープリたちは？」

「なおのこと部外者ですね。だって、この大陸に来てからの知り合いですし、そんな相手とまでは言いませんが、こういう大事を任せますか？」

「……」

……たしかにそうそう任せたりしないはずです。

「なぜ、コメットとポープリたちを？」

「いや、こちらも、タイキ君とタイゾウさんと同じように因縁があったから、一度は会話をするチャンスぐらいあった方がいいでしょう？　どうも別れ方に誤解があったようですから」

「誤解というか、血まみれというか……」

「とまあ、そんなわけで、今までのは友人同士の交流といったところですね。お互いのもやもやしたところはすっきりしたところで、清々しく勝負をしましょう」

「は、はぁ」

どうもペースが乱される。

何を考えているのでしょうか？

「じゃ、コメットさんとタイゾウさんも連れてきてください。3対1でさっさと勝負を決めましょう」

「え？」

もう何を言っているのでしょうか彼は？

「いや、一応、あのお2人もヒフィーさんの考えに賛同なんでしょう？」

「はい、そうですが……」

「こっちとしても、前任者が無事で、なおかつ予定を進めているのであれば、お互いの仲をこじらせてまで、この大陸の主導権はほしくないわけですよ」

「はぁ……」

「つまり、自分としてはさっさと終わらせたいけど、ヒフィーさんも無理にルナに意見を通しているし、勝負をせざるを得ない。なら、3対1でサクッと勝って証明とすればいいんですよ。俺が1対1でヒフィーさんに勝ったとしても、全体的に運営するっていう能力が証明されるわけでもないですしね」

「それは……そうですね」

「だから3対1がちょうどいいと思いませんか？　3対1で俺に負けるようなら、実力不足は明らかですし、こっちで話し合ってちょっと展開を変えていきましょう。お互いに色々意見を組み合わせるって方向で。で、そちらが勝った場合はそっちの主導で構いませんが、こちらに来て世話になった人もいますし、そちらの保護だけはさせてください」

……考えてみれば、当然の話だ。

ユキ殿にとっても、わざわざこちらと険悪になる必要はないのだ。

お互いを排斥して、自分たちで目的を達成するという前提がない限り。

「どうですか？　これでお互いわだかまりなくいけそうなんですけど？」

たしかに、それなら問題はない。

少し、意固地になりすぎていたようですね。

すでにユキ殿もこの大陸に多少であれ、繋がりができている。

邪魔だから出ていけと言われても納得はできないでしょう。

むしろ、ユキ殿が今まで作った繋がりを利用できる可能性もあるのです。

私たちだけの手で、とこだわって潰し合いを避けたいのは、私もルナ様もユキ殿も一緒。

私が負けた場合の話も納得できる。

3人でユキ殿に挑んで負ければ、それは明らかな実力不足だ。

それを成したユキ殿の意見を取り入れるのは当然だろう。彼は主導権を欲しがってはいないし、国が潰れるという心配もないでしょう。

「よくもまあ、口が回るわね」

「アホ。お互い戦争って局面でピリピリしていたから、どこかでクッションが必要なんだよ。奪うか奪われるかの選択しか思い浮かんでなかったってことだ。ヒフィーさんは昔から準備を進めてきたし、それをただ止めろといって、止めるわけない。それなりの理由がいる。ちょうどいいだろ？　新人の俺がヒフィーさんたち3人に勝つようなことがあれば、あっちの実力不足なのは明らかだし、作戦を考え直す方がいい」

「ま、そうね。どう？　承諾《しょうだく》するかしら？」

「そう、ですね。納得のできる話だと思います。私は構いませんが、ユキ殿、私たちは本気で向かいます。手加減を期待しないでください」

「ええ。それでいいと思いますよ。負けて本気じゃなかったーってのも問題ですしね。俺も怪我《けが》しない程度に立ち回りますから。まずいと思えば降参しますし。その時は攻撃しないでくださいね？」

「は、はあ。善処します。では、ちょっと待ってください。彼女たちを呼んできます」

何ともやる気が削がれる。

とりあえず、私たちにとっては悪いことではないので、二人を呼びに行く。

「あー、まだ頭痛い。耳がキンキンする」

「よくなってきてはいますから、一時的にひるませるのが目的のようですな」

「うん。本来はそうなんだろうけど。あれを耳の間近で受けた私は気絶しちゃったよ」

「あの音ですからな。爆弾の音と衝撃《しょうげき》で気絶しますし、ああいう手もありかもしれませんな」

「だねー。あれを利用すれば、無駄な血は流さずに敵対国を落とせるかもねー」

2人は桜の幹に背中を預けて、そんな話をしている。

正直、コメットもタイゾウ殿も無理やり従わせていたのだから、あっさり手を切られると思っていた。

だけど、現実は2人とも私に協力を申し出てくれた。

……これがこの数百年で唯一の成果と言っていいでしょう。

「おや？　ヒフィーどうしたんだい？」

「どうかされましたか、ヒフィー殿？」

「あ、いえ。ちょっと決闘の変更というか、勘違いがあったようで」

「変更？」

「勘違い？」

　2人とも首を傾げています。

　はい、私も首を傾げたいです。

　というか、どう説明すればいいのでしょうか？

……とりあえず、先ほどした話をそのまま伝えます。

「あー、あー、うん。たしかにポープリたちは彼ら側だとしても、新参だよね」

「ふむ、そういうことですか。話は通っていますし、私たちに有利だとも思いますし、これで敗れるようなら予定は練り直しが必要というヒフィー殿の意見にも賛成ですな」

「だね。特に問題はないよ。というか、ユキ君相手だけど、少しはさっきの間抜けの挽回ができる機会が来たんだから張り切らせてもらうよ」

　どうやら話は理解してもらえたようで、2人とも乗り気です。

「手加減は無用です」

「分かっているよ。これで負けたら本当に私たちは文句を言うどころじゃないしね」

「ですな。油断して負けたなどと言い訳も通りますまい。コメット殿がやられた時の相手を見習い、最初から全力で臨むべきでしょう」

3人でそんな言葉を交わし、皆でルナ様とユキ殿の場所まで戻ってきます。

「2人とも話は聞いたわね？　どう、問題はないかしら？」

「うん。問題ないよ」

「ありません。しかし、ユキ君……いいのか？」

タイゾウ殿は微妙な顔をしてユキ殿にそう尋ねます。

「ええ。タイゾウ殿の心配は年寄りの冷や水にしてあげますよ」

「ふっ、そうか。楽しみにしている」

……？

どういう意味でしょうか？

まあ、2人で意味が通じているのであればいいのでしょう。

お互い邪《よこしま》な感じはしませんから。

「さて、距離を取りなさい」

そう言われて、私たちとユキ殿はルナ様を中心に離れていきます。

「じゃ、これが最初で最後の文句なしの決闘よ。これよりユキ対ヒフィーたちの決闘を……」

そう言って、ルナ様は腕を振り上げ……。

桜吹雪が一面を埋め尽くし、視界を桃色に染め上げ、それが終わり、ルナ様の目の前の桜がひらりと落ちたとき……。

「始め‼」

振り降ろされました。

さあ、あとは最初から全力で向かうのみ‼

落とし穴51掘：シチュー

side：ユキ

お仕事は忙しいが、季節は容赦なく冬へ変わり。

朝起きると息は白く、昼は辛うじて白くならず、夜は容赦なく白くなる。

体内温度の問題なのだろうが、あまり息が白いと、興奮しているのかとか、汽車みたいに見えないかなーって心配になるよな。

ほら、鼻息だって白くなることあるだろ？

さすがにあれは長時間やってると、変だと思うわけよ。

「ふっー。なのです」

「ふっー。寒いねー」

両隣には、フィーリアとアスリンが両手を合わせて、隙間から中に息を送り込んでいる。

冬によくやる手を簡易的に温める方法だ。

2人がやると非常に可愛《かわい》らしい。

「本当にね。でも、ユキの頭は温かいわ」

そう言って頭に抱き付いてくるのは、いつものラビリスだ。

最近忙しいといっても、ウィードではこのスタンスは変わらない。

最初の頃はダンジョン統括という立場で舐められないために、人前で肩車をすることはなるべく遠慮していたが、最近では普通にやるようになった。

それだけ、ウィードが安定しているということだろう。

もうすぐ年越しだし、その後は代表選挙もあるし、皆、頑張ってきたということだ。

「しかし、なんかまた重くなったな。身長や姿は変わらないからまた胸か？」

そう、頭にかかる重量が最初の頃と絶対違うと言っていいほど、重くなっている。

と、そんなことを言っている間に、大きい柔らかいものがさらに押し付けられてくる。

「重いって失礼ね。ユキのだーいすきなおっぱいが大きくなっているのだから、悦《よろこ》んでいいのよ？　むしろ、私たちを茂みに連れ込んでいいのよ？」

「お兄ちゃん？」

「おっぱいぺろぺろするのですか？」

「いや、しないから」

俺が変態って思われたら大変だ。

もう、ウィードには子連れの人も多くいるし、俺がそんな目で見られるわけにはいかない。

「大丈夫。ユキが襲うのは私たちだけって分かってるから」

「そうなのです。兄様は変態ではないのです‼」

「そうだよ。お兄ちゃんは私たちが好きだから問題ないんだよ‼」

やめて、通りでそんなことを大声で言わないで。

俺が変態でロリコンだと勘違いされてしまう。

「そうね。ユキはたしかに、小さいのから大きいのまで、差別はしないわ」

「皆大事にしてくれるのです」

「うん。大事にしてくれるね」

……ラビリス、お前分かっててやってるだろ？

「あら。私のおっぱいを素直に嬉しいって言わないからよ」

「兄様は素直じゃないのです」

「恥ずかしがり屋さんだもんねー」

きゃっきゃっと騒ぐこのちびっこたちは幸せそうだ。

俺の日本における社会的地位はドンドン崩れている気がするが、まあ俺の話が日本に広がるわけもないし、気のせいだろう。たぶん。

「さて、3人とも、お喋《しゃべ》りはいったんやめて、確認を取るぞ」

「「「はーい」」」

そんなことをしていると、俺たちはスーパーラッツの前に辿り着く。

こんな寒空の下、理由もなく出歩くことはそうそうない。

今回もちゃんと理由があってのことだ。

「今日は、クリームシチューとビーフシチューを作ろうと思っています。その材料を買いに来ました」

そう、冬の日はシチュー系が美味しく感じられる季節だ。

シチューはこのウィードにも存在していて、被っていて面白みがない。これまでは鍋物などの日本の冬の食べ物を押してきたので、そろそろシチュー系もいいかなーと思った次第だ。

だが、ここには大きな勘違いがあった。

そもそもシチューを作る上で、赤ワインをベースにしたビーフシチューや、牛乳、生クリームをベースにしたクリームシチューというのは、今の日本では普通だが、この世界においては普通ではなかった。

シチューという食べ物はたしかに存在する。

しかし、この世界において、スープのベースに高価なワインや、保存がほとんどきかない牛乳などと言ったものを使うのは極《ごく》まれである。

つまり、この世界のシチューというのはスープに近いものである。

多少、味の出る野菜などを煮込み、その後に具材を入れるぐらいで、クリームシチューやビーフシチューは、この世界においては高級料理なのだ。

ということで……。

「このスーパーラッツ3号店で最後です。ここでシチューの素を手に入れられなければ、スープから作るという非常にめんどくさいことになります」

そう、つまり、高級というのは高くて手間がかかるということ。

一般家庭の奥様たちが手が出ず、そこまで時間を割く余裕もない。

だが、それを可能にしてしまう魔法の食材が日本には存在した。

溶かすだけで、そのスープを完成させる、固形や粒状の、簡単に言えば、スープを固めた物が存在するのだ。ルーともいう。

もちろん、俺たちの開発ではなく、ハウ〇食品とか、名だたる日本の職人たちの血と汗と涙の結晶である。

「他のお店は全部在庫切れでした。ラッツがここなら残っていると言っていたので、入ったらすぐに、確保に行きます」

「「「はい」」」

ビシッと敬礼をする3人。

この3人はよく料理を手伝ってくれるので、仕込みが大変なのは分かっている。

だから、こういうことに手抜きなんてことは言わない。

いや、ここの嫁さんたちは何も文句は言わないけどな。

親友共はちゃんと最初から作れよーって文句言うんだよな。

と、話がずれたな。

お手軽に美味しい料理を作り出せる、正に魔法のアイテムなので、奥様方が挙《こぞ》って求め飛ぶように売れたわけだ。

特にこの寒い時期。

で、なんとなく思い付きで今日はシチューにしようと思って、一号店に顔を出せばシチューの素が見つからない。

店員に聞いてみれば売り切れですとの意外な言葉。

そして人間、ないと言われれば欲しくなるもの。

次の店舗にならあるだろうと高をくくって行けば、2号店も売り切れ。

……これは変だと思い商会トップの嫁さん、ラッツにコールで確認をとってみれば……。

『ああ、人気で飛ぶように売れているんですよ。カレーもですね。あのルーに香辛料とか、色々入ってますからね。それであの値段ですから、奥さんたちどころか冒険者にとっても魔法の食材のようです。ウィード外からの情報ですが、シェーラのお姉さん、ガルツの外交官シャールさんなどからは、ガルツの裏ルートでは定価の10倍以上の値がついていて、ガルツのウィード商品の取り扱い店では不自然なまとめ買いは断っているような話もあるぐらいですよ。あ、リテアのクラックからもそんな話がありましたね』

とまあ、各国を魅了する、日本の加工技術万歳。

いや、地球万歳‼　地球の技術は異世界、世界一‼　って感じ？

『で、そんなことを聞いてきたってことは今日の晩御飯はシチューですか。ぬふふ、楽しみですね。ちょっと待ってくださいねー……えーと、ふむふむ。お、3号店に在庫があるみたいですね。行ってみるといいですよ。じゃ、晩御飯楽しみにしてます。あ、シャンスが泣き出したみたいなんで、すみません』

とまあ、こういう事情でここまでやってきたというわけだ。

「すでに、お肉や野菜は揃えて、キルエとシェーラが下準備をしている。もう後には引けない。必ず手に入れるぞ。おー‼」

「「「おー‼」」」

4人でスーパーラッツ3号店へと入り、すぐに分散する。

スーパーラッツは現代日本と同じく、季節や売り上げの向上のため、定期的に陳列棚の大移動が行われ、どこに何があるか、あまり来ない3号店の配置は分からない。

なので、分散して確保する必要があるのだ。

シチューの素は1つでは到底足りない。

20人近くもいるので、素は最低10個近くは欲しい。

よく食う嫁さんたちだし、美味しい物はたくさん食べさせてやりたいと思う。

……主夫じゃねーよ？　ちゃんと、亭主関白だよ？

そんなことを考えつつも、棚を確認していくが……見つからない。

「3人ともあったか？」

「見つからないわ」

「見つからないよー」

「見つからないのです」

……僅差で売り切れてしまったのか？

俺や3人がそう絶望の淵へ追いやられたとき……。

「あ、皆さん。ここにいたんですね」

妖精族のナナがこちらへ近寄ってきていた。

手には籠《かご》いっぱいにシチューの素を入れて。

「あ、ナナちゃんだー」

「ナナちゃんなのです」

「やっほー、2人とも元気？」

「元気だよー」

「元気いっぱいなのです」

ナナはコヴィルと同様、初のウィード移住者だ。

初めてスーパーラッツの店員に配置されてから、今日まで勤務しているようだ。

「で、ナナ。その籠の中はなにかしら？」

「あ、はい。ラッツさんから連絡を受けて、店長権限で確保しました」

「は？　店長？」

「はい。私は今、スーパーラッツの3号店店長さんなんですよ」

えっへんと胸を張るナナ。

「凄いねー」

「凄いのです」

パチパチと拍手する2人。

はぁー、本当にウィードは勝手に色々成長しているようだ。

あの時のナナが今では店長とは、人生、何が起こるか分からないものだ。

「と、受け取ってください。今日の晩御飯なんですよね？」

「ああ。ありがとう」

「じゃ、お会計ですね」

そう言って、ナナが近場のレジを開けて俺たちが来るのを待っている。

初めての時は緊張していたのに、しっかり板についているなー。

レジに籠を置くと、魔術による直接操作で、スムーズに読み取りをして会計に移る。

「ありがとうございましたー。アスリンちゃん、フィーリアちゃん、今度遊ぼうね」

「「うん」」

2人はそんな約束をして、俺たちはスーパーラッツ3号店を後にした。

「さて、色々あったが、ここからが本番だ」

「はい、なのです」

「うん。がんばるよー」

「任せて」

「はい。こちらに用意した材料は整えてあります」

「ちゃんと、準備しておきました」

そう、まだ材料が揃っただけで、料理が完成したわけではない。

まあ、キルエとシェーラが残って下準備をしていたので、そこまで時間はかからないだろうが。

さて、この素を使ってする料理は、材料入れて、鍋で煮込めば終わりじゃないか？　という意見はある。

まあ、ただ食べるだけならばそうだ。

だがひと工夫で色々変わる。

たとえば、まずはクリームシチュー、ビーフシチュー共通で言えることから。

普通は火の通りにくいお肉から入れて煮込むのが普通だ。

だが、これをニンジンや玉ねぎから入れるのだ。

実は、ニンジンは火が通るまで時間がかかり、薄切りならともかく、シチューなどに入れる角切りの形ではお肉より火の通りが悪い。

次に、玉ねぎは料理における必須の野菜と言っていいだろう。生で食べると辛みが強く、熱すると甘味が増すという特殊な野菜だ。しかも、煮込むと溶けてしまう特性があり、料理により良い味わいを持たせる凄い野菜だ。

特に溶けやすいのは、とれたての玉ねぎ、新玉ねぎといい。これはもっぱら最初に入れてしまうと、溶けてなくなってしまう。

それを予想して、溶かす分と、具として食べる分で入れるタイミングをずらすのだ。

そして、この溶けるという特性は、お肉にも適用される。

高い霜降りのお肉に近いものなど、あっさりシチューに溶けてなくなってしまう。

まあ、ちゃんと味が出るので美味しいのだが、お肉のないシチューは少し残念だ。

特にクリームシチューやビーフシチューではな。

だから、こちらも溶かす分と具にする分で入れるタイミングをずらすのだ。

なお、具にするお肉は、一度表面を焼いて、お肉の旨みを閉じ込めておくといい。そうすれば食べたときに、シチューの味とお肉の旨みが重なって最高になる。

最後にジャガイモ、これが曲者だ。

これは種類によって溶ける溶けないが分かれるのだ。

この種類の判断を誤ると、ジャガイモがなくなっていたり、いつまでも残っていたりという事態になる。

そして、ジャガイモの最大の特徴。

柔らかいのは、最初だけである。

熱すると、最初のうちはホクホクですぐバラバラになるほど柔らかくなるのだが、時間が経つにつれて、硬くなる。

十分に食べられるのだが、ホクホクのジャガイモを知る人は不満を感じるかもしれない。

なのでジャガイモを投入するのは最後にして、ホクホクを最後まで楽しめるようにするのが俺のやり方だ。

次にクリームシチューとビーフシチュー、個別の調理の仕方だ。

簡単に言えばお肉についてである。

お肉の下準備は説明したが、この2種類のシチューには定番のお肉が存在する。

クリームシチューは鶏肉、ビーフシチューは言わずもがな牛肉である。

この理由は、主に匂いである。

クリームシチューには、そこまで匂いが気にならない鶏肉。

そして、ビーフシチューには種類によってはかなり匂いがきつい牛肉。

クリームシチューの材料には、匂いを軽減するものがないので、鶏肉が一番合うとされ、ビーフシチューは赤ワインがにおい消しや、お肉を柔らかくする作用があるので、昔は硬くて匂いが強い食用でない牛肉を食べるために、お酒を入れるという手段を取られていて、ビーフシチューという名前になったのだろうと思う。

今の日本では、そこまで牛肉も匂いが気にならないから、ここまでする必要はないが、やれば美味しくなるのでする。

ワインに余裕があれば、鶏肉も牛肉も炒める前に、ワインをかけて揉んでおくといい。

で、一番最後に必要なことは、煮込みである。

これが大事。

まあ、新鮮な野菜の食感が好きという人は浅くていいのだが、味が染み込まない。

だから、シチューを作るときはそれ相応の時間をかけて作る必要があるのだ。

最低でも朝に煮込んで、夕食に出すぐらい。

本場の料理店なんて一週間煮込むとかザラである。

そこを利用して、大量に作って、日が経てば経つほど美味しいシチューが出来上がり、色々な料理にソースとして利用するのも手である。

あとは、このメインに合うように、サラダやパン、ご飯を用意する。

ご飯にシチューをかけるのはアレだという人はいるが、俺としてはありである。

オムライスやカレーのようなものだ。アクセントを添えるという感覚だ。

「うひゃー、美味しそうだよ‼」

「こらリエル。ちゃんと座って待つんだよ」

「……トーリの言うことは分かる。が、これは強烈。お揚げにも匹敵する」

「本当に美味しそうね……体を動かしていたからすごく食べたいわ」

「そうじゃな。妾《わらわ》とセラリア、ジェシカで散々動いておったからのう」

「……お腹が空きました」

「ジェシカ。目が変だよ⁉　獲物を狙っている目になってるよ⁉」

「仕方がないわよリーア。ジェシカはあの２人と一緒に訓練してたんだから、ってミリー、お酒……」

「エリス、いいじゃない？　こんなに美味しそうな食べ物を前にお酒がないなんて信じられないわ。ねえ、ラッツ？」

「そうですねー。このビーフシチューはたしかにワインが合いそうですよねー」

「そういえば、パンとご飯がありますわね？　これはどちらを食べればよろしいのでしょうか？　ルルア様ご存知ですか？」

「たぶん、好みだと思いますよ？」

「ん、なら私は両方。すべて食べる」

そんな家族の話を聞いて料理を作った俺たちはにっこりして、晩御飯を食べるのだ。

「「「いただきます!!」」」

そして……。

「「「うまいぞーーー!!」」」

で、シチューは残らず。

最後に残りの争奪、トランプ決戦が開始されるのであった。

今度はもっと多く作らないとな。

そんな冬の一幕。

落とし穴52掘：クリスマス

side：ユキ

俺は今悩んでいる。

昨年は忙しくて放っておいたが、現在はそれなりに余裕があり、日本で悪しき風習と化した、3大悪イベントのことを思い出していたのだ。※個人的私怨が混じっております。

1つは、死の2月14日。バレンタインデー。独り身の人間を指さし嘲笑う、お菓子会社の陰《いん》謀《ぼう》。恋人など相手のいない人間にとっては肩身の狭《せま》い時期となり、義理チョコというモノを渡されれば、3倍返しをしなければいけないという、人の財布をえぐるための酷い風習だ。

もともとは殉教した聖ヴァレンティヌスに由来する。世界各地で男女の愛の誓いの日とされているが、異説は山ほどあり、イチャイチャを推奨するものではない。

ましてや、チョコをもらえない相手を蔑《さげす》む日ではない。

真の愛がいいのであって、義理チョコなどと、建前で配ることが認められているのはおかしいわけだ。

2つ、憎き3月3日。ひな祭り。5月5日の本来男の日である端午《たんご》の節句を子供の日と改めたくせに、女性のイベントとして残っている女尊男卑の象徴ともいえるイベントである。

そもそも、ひな祭りというのは、子供の成長を願って、ひなに厄を押し付け、川に流し、厄払いとするのが元だ。決して、女性のための日ではない。

そして、３つ目。

これが今俺が悩んでいるイベントだ。

その名もクリスマスといふ。

世間一般的には、いや、日本では仲の良い男女が愛を深めるなどと、ひどく曲解した悪しきイベントになり果てている。

そもそも、クリスマスはある聖人の生まれた日であって、生誕祭である。

つまり、日本のクリスマスのイメージは間違っているのであって、そのせいで、多くの独り身の男たちが肩身の狭い思いをしているのだ。

それは、断固として間違っていると断言できる。

……と、独り身の男にとってつらいイベントを言ってみたのだが、俺はすでに通り過ぎた身。

今や彼女どころか、嫁さん子持ちときたもんだ。

さて、この状態でなぜ悪態をついているのかと言われると、独り身のつらさではなく。

プレゼントの問題になるのだ。

いや、プレゼントを渡せる相手がいるだけいいだろ‼　という意見もたしかにあるだろう。

その意見は十分に認める。

だが、俺の場合はただ彼女の、嫁さんの気に入ったプレゼントを渡せば終わりというわけではないのだ。

だって18人いるから。

セラリア、ルルア、シェーラ、デリーユ、サマンサ。

この王侯貴族組は、高くて珍しいものを渡したところで、あんまり喜ばれない可能性が高い。だって、献上品は常のような人たちだから。

エリス、ラッツ、ミリー、キルエ、クリーナ。

この文系寄り組は、本などがいいかもしれないが、すでに持っている可能性もあるし、ブックカバーといっても、サイズが固定でないし、栞がいいかなーと思うけど、ほかの嫁さんたちのプレゼントに比べて安くつきすぎる。色々悩みどころだ。

トーリ、リエル、カヤ、リーア、ジェシカ。

こっちの運動大好き組は、運動道具や武器がいいのだろうが、そういった戦闘に直結するようなものは、ナールジアさんが喜んで開発しているので、俺が渡すより絶対性能がいい。しかも、俺がプレゼントとして渡せば無理に使おうとするので、逆に装備性能が落ちて心配だ。

ラビリス、アスリン、フィーリア。

最後にこの3人は、ほぼ欲がない。

今まで贅沢《ぜいたく》というもの自体を知らなかったので、今あるもので満足しているのだ。

だから、下手に聞いても遠慮するので、この3人にプレゼントしたいなら、勝手に買って渡してしまわなければいけない。ある意味一番難易度が高いだろう。

まあ、こんなふうに言ってみたが、どうせ異世界だから、クリスマスなんて関係ないから、プレゼントもいらねーじゃん。

という意見もあるだろう。

だが、日本からの雑誌を色々取り寄せて読んでいる妊娠組とか、文系組はすでにバレンタインを実行しているし、日本の文化に興味津々だ。

すでに日本のクリスマスを知っていても不思議ではない。

これを黙っているのは俺がクリスマスを隠しているとか、そんな心配をされる可能性がある。

俺としても、クリスマスは学校の子供たちに大義名分付きでプレゼントをやれるから、やりたいイベントではあったのだ。

だが、去年は初めての年越しのイベントだったので、クリスマスというイベントに手を割く余裕がなかった。混乱もあるだろうから、泣く泣くやらなかったのだ。

という事情の下、すでにクリスマスというイベントは動き出しており、学校の子供たちのプレゼントはともかく、嫁さんのプレゼントに非常に困っているわけだ。

普通、嫁さんは1人だし、欲しいものだって分かっているはずだが、俺の場合18人も嫁さんがいて、欲しいものはDPで日本から直接仕入れているので、特に欲しいものはない状態だ。

いや、俺を食うという返事が多数から上がりそうだが、それとはまた別なのだ。

こういうプレゼントは日頃のお礼を込めて贈る物なのだ。

自分がいなくても思っているよ、という感じの。

「価値が同じで、みんなから不満が出ないようなものが好ましいのだが……」

何それ？　存在するの？

うーん、ぬいぐるみとか？

テディベアとかいいのではないかと思うが、あれって、プレミアムとかあるしな、専門店もあったっけ？

ルナに頼むと複製品になるだろうし、それだとなんだかなー。

かといって自分でテディベアを作るのは時間が足らん。

……考えれば考えるほどドツボにはまっていく気がする。

指輪はもう結婚指輪に婚約指輪とか色々あるしなー。

ネックレスも、家族の写真を入れるロケットがあるし……。

「鍛冶《かじ》場まで来られてどうしたんですか？」

「あ、ナールジアさん」

なにかいいイメージが湧《わ》かないかと、ウィード物作りの産地、鍛冶地区まで来ていたのだ。

どうやら、俺を知っている妖精族かドワーフ族が、代表のナールジアさんに伝えたのだろう。

「すみません。ちょっと考え事がありまして。こう、物作りの現場を見れば何か思いつくかなーと」

「なるほど。クリスマスのプレゼントですか？」

「ありゃ、分かりますか？」

「まあ、すでにイベント、行事の告知はされていますからね。鍛冶場もプレゼントの作成で大忙しです。特注なんかもありますし」

「そうですか、それなりにウィードにはちゃんと認識されているんですね」

「はい。クリスマスに、年越し、本当にウィードは色々あって活気があります。本場のユキさんの故郷ではこれ以上の騒ぎなのでしょうね」

「それは……まあ、そうですね」

騒ぎどころか、日本中で祭り騒ぎだしな。

いや、ウィードも今や独立国家だし、国中でって表現でいえば同じか。

イベントによる経済効果は比べものにならないが。

今のところ、年末年始、クリスマスもウィード内での話であって、他国では真似するにも準備ができていない。

「で、奥さんたちへのプレゼントは決まりましたか？」

「いやー、どうもですね。それぞれ違うものは価格や珍しさにばらけが出すぎで、ぬいぐるみとかどうかなーと思っても、さすがに一から作る余裕もなくて……」

「なるほどー。奥さんがいっぱいなのも大変なんですねー」

「と、そういえば、ナールジアさんが持っているものは？」

よく見れば、ナールジアさんは何かを持っている。

なんか、銀の色の小さい長方形の板みたいなものだが……。

「ああ、これですか？　ドッグタグの板ですよ」

「ああ。そういえばドッグタグだ」

「まだ、名前を入れてないですからね」

ドッグタグ、認識票。

ドッグタグは後からついた名前だ。

まあ、名前から色々察せられるだろう。

で、認識票だが、これは軍で使われている個別認識票だ。

とはいえ、これが施設に出入りできるたしかな身分証になるわけではなく、戦死した際損傷の激しい遺体を区別するために片方を残し、片方を持ち帰って戦死報告するのである。

簡易的に血液型なども記されているので、治療の際にも多少は役立つ。

有事の際、戦場のど真ん中で、戦死した兵士の懐を漁って、たしかな身分証を取り出すわけにもいかないので、この認識票が生まれた。

……簡単に言えば、死んだときにのみ使えるってやつだ。

「で、なんでドッグタグを？」

「あははー。冒険者さんとか、旅する商人さんとかに人気なんですよ」

「ああ。そういうことですか」

「はい。彼らは兵士さんより、ある意味、死に近いですからね」

この世界には、魔物やら、ダンジョンやら、盗賊やらが存在するので、死亡率は地球に比べて非常に高い。

遺体すら残らないことも多々ある。バリバリ食べられて。

そういった意味では、個別認識票は鉄でできてはいるが小さいので、食べ物にもならないし、価値もないから残る可能性が高い。

……嫌な意味だが、音信不通で行方不明になるより、確実に自分の死を伝えられる方がいいということだろう。

これなら、ネックレスと一緒につけても邪魔にならないし、鎖が二つで面倒なら一つにまとめてしまえばいい。

まあ、アクセサリーをつける冒険者はいないから、そんなことをするのは商人ぐらいだろうが……。

それで閃いた。これなら色々な問題を解決できる‼

「これだ‼　ナールジアさん。このドッグタグのサイズに、色々模様を描いたり、穴を空けたりできますか？」

「ええ、できないことはないと思いますけど。どうするんですか？」

「嫁さんたちのメインの武器とかお願いできますか？」

「なるほど‼　それはいいですね。それなら私が奥さんたちの武器は全部知っていますし、できます‼」

「あ、忙しいみたいですけど、大丈夫ですか？」

「問題ありませんよ。こんな面白い案、他の人に回すとか、私の武器のデザインを私以上に知っている人なんていないんですから‼　ちょっと作ってきます‼　あ、できたらすぐ連絡しますんでー‼」

そういって、ナールジアさんは空中をすっとんで鍛冶場に戻っていく。

その最中……。

「あ、代表。この前の依頼で受けた槍ですけど……」

「黙れ‼　他の奴に聞け‼　今から忙しいんだ‼　邪魔したらぶっ飛ばすって、他の連中にも言っとけ‼」

「りょ、了解しました‼」

人が変わっている。

……仕事中は豹変《ひょうへん》するタイプか。

でも、すぐに部下の人たちは対応しているから、あれがデフォなんだろう。

とりあえず、あの様子なら、クリスマスプレゼントは間に合いそうだな……。


「と、こんなことがあってな」

俺はそうやって、家族たちにプレゼントを渡して、嫁さんたちが中身を見てきゃっきゃっと喜んでいる姿を確認した後、このプレゼントを思いついて作るいきさつを話していた。

今年のクリスマスイベントは、恋人や家族と一緒にという感じだったので、お店などは忙しかったが、お役所などは特に当日はそこまで忙しくなかった。

まあ、ツリーの準備や、日中の軽いイベントはあったりしたが、夜中までやることはない。

ということで、現在はウィードの国営のクリスマスイベントは終わり、教会などがミサを開いているぐらいだ。

そのおかげで、俺たちも夜はのんびり、家族と集まって美味しい晩御飯とプレゼントにありつけるというわけだ。

「なるほどね。でも、考えたわね。ドッグタグのプレートに絵を彫り込むなんて」

セラリアはドッグタグに彫り込まれた、自分の剣と刀を見て嬉しそうにしている。

他の皆も嬉しそうに自分の武器が描いてあるプレートを見ている。

「まあ、こういうタイプのアクセサリーは地元にあったからな。それが再現できるとは思わなかったよ。ナールジアさんの腕がもの凄いってことだ」

「そう考えると凄いわね。あの人はユキが口頭で伝えた要望だけで、ここまでの物を作ってしまうんだから」

「だよな。武器だけじゃなく、本当に細工も一流らしい」

それに弟子入りしているフィーリアのぶっ飛びようも納得できる気がする。

「本当ね。でも、一番のクリスマスプレゼントはあれね」

「そうだな」

俺たちは、子供たちを自然と目で追っている。

子供たちは、一様に同じ服を着ているのだ。

お揃いの、ぬいぐるみパジャマ。

動物パジャマというやつで、いつの日か、サクラがシャンスのウサミミを引っ張るというトラブルがあったので、それの対策の一環で、みんなウサギパジャマにしたのだが……。

「うーうー」

「あうー」

「あー」

と、子供たちはお互いの頭に揺れるウサミミが気になるようで、手を伸ばしあっている。

これだとシャンスだけがウサミミを引っ張られることはないし、痛いということもない。

何よりかわいい。

「天使ね。天使がたくさんいるわ」

セラリアはもうデレデレである。

やっぱり、クリスマスは子供たちに夢を配るってのが一番だと思う。

未来を担う子供たちの笑顔を見る。

これだけでほっこりする。

逆に、彼氏彼女といちゃつくとかあるから、ヘイトを溜めると思うんだ。

子供相手に嫉妬《しっと》とかしないだろう？

こうして、クリスマスは滞《とどこお》りなく終わったわけだが、その後に気が付いたんだ。

「来年は何プレゼントすればいいんだ？」

毎年訪れるこのイベント。

嫁さんはこれから生涯一緒だ、ネタに困る……。

第322掘：そんなことより

side：ユキ

「うひゃひゃひゃ……、ひー！　お腹痛い‼」

横で下品な笑い声を上げているのは駄目神ルナである。

さて、なぜこの駄目神で、駄女神なルナが笑い転げているかと言うと……。

「出しなさい‼　こんな卑怯な手で決闘を汚すのですか‼」

そうのたまって、鉄格子を両手で握り、何とか一人用牢屋から出ようとするのは、ヒフィーとかいう神様（笑）である。

駄目神より上か下かと言われても、正直甲乙つけがたい。

どっちも俺から見れば厄介事を運んできた生物にすぎない。

「放出系の魔術やスキルも封じられているねー。どうしたもんかね。というか、見事にはまったねー。あっはっは」

そう言って、牢屋で1人呟《つぶや》いて笑っているのは、この新大陸のダンジョンマスター前任者でアンデッド、リッチのコメット。

この人も俺から見れば、ヒフィーやルナとおんなじだ。

まあ、どちらかというと研究者寄りなので、この人も巻き込まれたという感じはするが、今は敵に回っているから仕方ない。

「まさか、こんなにあっさり終わるとはな。お互いの実力を見せるのだから、こういう罠《わな》も実力の内だな」

納得しているのは、モトメさん。

この戦いの被害を最小限に抑えるため、俺とモトメさんが表と裏のような感じで、どっちにひっくり返ってもいいように、布陣していてくれた。

もっとも、この結果を見る限り、年寄りの冷や水、とりこし苦労と言ったところだろう。

そっち側に付いたことを恨んでそのまま一緒にいてくれ。

さて、あのルナの決闘開始の合図から何があったのかと言うと。

簡潔《かんけつ》に、突っ込んでくるモトメさん、それから魔術を撃ちながら突っ込むコメット、そして何やら空に浮き始めたヒフィー。

それに対応するために、すぐにダンジョン改築改造のスキルを持って、魔術、スキル放出を封じて、コメットは魔術が消えて驚く、ヒフィー落下、そして、モトメさんは昔懐かし、ボッシュートへご案内で終了して、驚いたり、落下して固まっている2人も同じようにボッシュートして終わり。

ね？　簡単でしょう？

俺にとっては常時使っている、罠のオンパレードというか、ごく一部だ。

過ぎた技術に頼る人たちは、たまに古典的な罠に引っかかったりするのだ。

というか、こんな罠に引っかかるとか論外。脱出もできないし。

「ルナ様‼　ユキ殿は明らかに決闘を汚しました‼　笑っておられないで、すぐに処罰を‼」

ヒフィーは自ら神様（笑）の力で脱出できないのか、ルナにそんなことを言う。

いやー、神様って高魔力の集まりだって予想はついてたし、さっきのモトメさんの、一定以上の魔力分解がある種の信号を妨害するスキルか分からんが、それで魔力が減衰してたって叫んでたし、もしかしていけるかなーと思ってザーギスや真黒、魔王四天王（笑）共を捕らえた時の一人用檻、牢屋の強化型を使ったのである。

もうちょっと頭捻って、自分で脱出するとか考えない？

「あははは……‼　ちょ、ちょっと待ってヒフィー、お、お腹が……」

駄目神は今の状況がツボらしく、蹲《うずくま》って、地面を片手で叩き始めた。

「……っ。ユキ殿‼　こんなことをして恥ずかしくないのですか‼　私たちが納得できると思うのですか‼」

ヒフィーはルナに助けを求めるのは、今は無理だと判断したのか、俺へ直接文句を言う。

「いや、3対1で仕掛けてきて、トラップとかじゃないと対応できませんよ？　というか、3人がかりでトラップに引っかかるのは、どうかと……」

「決闘でそのような卑怯なことを‼　３人でかかってこいというのは、私たちを一網打尽にするための姦計だったのでしょう‼」

「いやー、言っての通り、３人とも引っかかるのは予想外でして、しかも、引っかかってから、脱出できないで叫ぶだけ。これじゃー、俺と勝負以前の問題でしょう。それともなにか？　そのルナに、３対１でトラップに引っかかって、勝負に持ち込むことすらできないのに、この大陸を任せてくれとかいうつもりですか？　すいませんが、俺にはそこまでの根性はないですわ」

「そ、そんなことはありませんとも、見ていなさい‼　こんな牢屋すぐに破って……むー‼」

　そんな可愛い声を上げて、また鉄格子を掴んで踏ん張っているヒフィー。

「時間がかかりそうなので、破ったらそこのルナに言ってください。その時に続きをしましょう。ちょっと用事がありますので戻ります」

　実はこの状況、俺にとっては大歓迎であった、今、急いで家に戻りたい俺にとっては、ヒフィーがまだと言ってくれる方がいいのだ。

　なぜかと言えば、俺が勝っても負けても、結果この後の予定を詰めるための話し合いに行かなければいけない。

　つまり、帰れない。

　だが、この状況はヒフィーが参ったというまで、続くのだ。

俺はルナに監視を任せて戻れるのだ。

「このような大事を決することより大事なことがあるのですか‼　ふざけないでください‼

そのような覚悟でこの大陸を任せるわけにはいきません‼」

と、ヒフィーのもっともな意見が飛び出てくる。

たしかに、ヒフィーの言っていることは正しい。

が、それは前提に俺が望んでこの世界に来ているという条件がいる。

さて、俺は望んできていたのだろうか？

否である。

では、その原因は誰にあるだろうか？

「やかましいわ」

「え？」

俺はすごく不機嫌に言葉を吐き出し、その声音にヒフィーが驚いたように硬直する。

「いいか、お前たちの意見もクソもない。全部却下だ。こうやって、穏便に済ませているだけ
感謝しろ馬鹿共が」

「なんですって⁉」

「そもそも、俺がこっちに来たのは、お前らがしくじったからだろうが‼」

「……」

ヒフィーが絶句する。

そう、もともとの原因はヒフィーたちにある。

俺が来る前に何とかしていればよかっただけ。

どんな御大層なお題目を掲げても、俺の意見を却下すること自体が、すでにできる状況ではないのだ。

いや、本当のところを言えば、部下の管理をできなかったルナが悪いんだが、あれにはちゃんと意趣返しも用意している。

「いいか。俺はお前らの尻拭いでこっちの新大陸に来てるの‼ もう、嫁さんたちも俺の担当大陸にいるの‼ 子供もいるの‼ 今日喋ったの‼ だから俺は帰るんだよ‼ なんだ、それとも、我が子をほっといて、お前らの時間つぶしに付き合えってか？ ああ⁉」

「ユキさん。落ち着いて、落ち着いて」

俺が語気を荒らげていると、タイキ君が駆け寄ってきてどうどうと言っている。

だが、ここまで言ったんだから最後まで言わせてもらおう。

「大義を掲げる前に、散々迷惑かけてる俺に謝罪の1つでもしろ、この馬鹿共が‼ 何かを成す以前の問題だろう‼ ちゃんと道理は通せ‼」

そもそもなところ、自分の仕事のミスに他人を巻き込んでおいて、家族団欒を邪魔することなど、ナンセンスである。

人としての人格を疑うレベルである。

どこなブラック企業でも、奥さんの出産などと言ったら「俺に任せて行って来い‼」というイケメンがいるのだ。

人の幸せは一緒に祝うのだ。あ、子供関連に限りな？

で、大陸を救うと豪語している連中が、そんな度量も示せないでどうする。

「あ、あう……」

ヒフィーはルナと違ってここら辺の良識はあるのか、俺から言われて現状を知って、口を開けないでいる。

「え、何？　あの子たち喋ったの⁉」

「ほれ。これがその映像」

そう言って、俺はコールのメールに添えつけられた映像を再生する。

そこには、セラリアに抱かれたサクラとルルアに抱かれたスミレが画面を見つめている姿が映っていて……。

『さ、パパに話しかけてごらんなさい』

『はい。あっちに向かってですよ』

そう言われて、サクラとスミレが口をたどたどしく開く。

『ま、ま？』

『まんま?』

喋っている、喋っている‼

娘たちがちゃべっていますよ‼

「うっわー‼ くぁわいいわね‼」

それは俺の娘だから当然である。

『パパでしょう?』

『パパですよ』

『う? ママ?』

『まま?』

『うーん、さっきはパパって言ったんだけどね』

『旦那様の写真を見て言っていましたから、きっと目に見えてないとダメなんじゃないでしょうか?』

『あー、そうかもね。というわけよ。お仕事から帰ったら娘たちがパパって呼んでくれるわよ』

『はい。お仕事忙しいかもしれませんが、頑張ってください。スミレもサクラも、みんなみんな、パパ、旦那様の帰りを待っていますから』

そう言って、セラリアとルルアが子供たちの手を取って振りながら映像が終わる。

「というわけだ。俺は一刻も早く、子供たちと会わなければいけない」

「納得したわ。私もついていくわよ」

誰がそんなことを認めるか。

「馬鹿。ルナは決闘の見届け人だろ。ヒフィーたちが参ったと言うまではここに残らなきゃダメだろう。時間制限も特に決めてないしな」

「は⁉　ユ、ユキまさか‼」

「まさか、上級神である女神ルナ様が自分で言ったことを反故《ほご》にするわけないよな？」

「ぬぐぐ……」

「それとも、敵前逃亡として俺を負けにするか？　ヒフィーたちの勝ちにしてもいいんだぜ？　その後は、ルナがちゃんとヒフィーたちと話し合って仕事三昧《ざんまい》だろうけどな」

「こ、この‼」

こんなやかましい生物を家に連れて帰ってたまるものか。

子供たちにどんな悪影響があるか分からない。

まあ、本気を出して仕事放棄《ほうき》をしかねないので、予防策は打っておこう。

「心配するな。飯とかはここに届けさせる。あと笑いもちゃんととる」

「笑い？」

「ああ。お前ら、用意を」

「「「うぃーっす」」」

そう言って出てくるのは、スラきちさん、スティーブ、ジョンの魔物たち。

そして、予定通りに、まずは捕まっている3人に向かって、ある紙を貼っていく。

「ぶっ、ぶぁひゃひゃ……‼　や、やめて、お、お腹が痛いから‼」

いきなり下品な笑い声を上げたのはルナ。

どっからどう見ても駄目神である。

で、どのような紙が貼られたのかというと……。

ヒフィーには「興奮中、手を出さないでください。危険です」動物園の貼り紙のような感じ。

コメットには「吐きますので、餌を与えないでください」さっきの実績からの貼り紙だ。

モトメさんには「年寄りです。そっとしておいてください」……あれ、なんかモトメさんのが一番酷い気がするわ。

文言はスティーブたちに任せたが、かなり的確というか、辛辣《しんらつ》だな。

ま、こいつらも今日非番で連れ出したから、鬱憤が溜まってるんだろうけどな。

「げ、君は……」

「あ、どうも」

そんな挨拶をしているのは、コメットの腕を切り落としたジョンだ。

わざとなのか、コメットの貼り紙をしにいったのはジョンだが、コメットもそれを覚えていたようだ。

「……まさか、ユキ君の？」

「そうですよ。よくもまあ、ユキ大将にケンカ売る気になりましたね。まあ、同情だけは……だけはしますよ」

そう言って、カメラの準備に取り掛かる。

「え、え？　ど、どういうことだい⁉　ユキ君⁉」

自分たちがどうなるのか不安になってきたのか、コメットがたまらず俺に質問してくる。

「いや、ヒフィー殿が参ったと言うまで、ルナが退屈しないように催しをするだけですよ？」

「……催し、ね。それって……」

「はい、もちろんヒフィー殿たちが迷惑かけているんですから、体を張ってください」

そう言って、俺がスティーブから受け取ったくじ入れをルナに渡す。

「なにこれ？」

「あの3人に対する罰ゲームかね。くじ引き方式だ。そっちの気が済むまでやってやれ、その途中で脱出したら俺が戻ってくるし、降参しないなら、ずっと罰ゲームができるわけだ。罰ゲームの道具関連はこの3人が全部準備して実行するから」

「ああ、笑ってはいけないみたいな？」

「そうそう」

「うっひゃー‼　楽しそうじゃない‼」

　ここに鬼畜駄目神が爆誕した。

　即座にくじ箱に手を突っ込んで、くじを引き、中身をたしかめる。

「えーと、なになに？　タコを食べる。できなければケツバット‼　なははは‼　さっそく準備にかかりなさい‼　いい？　特にヒフィーとコメットにカメラ回しなさい‼　タイゾウはタコでは動じないだろうから‼」

　ノリノリである。

　さ、俺は帰ろう。

　嫁さんと子供が待っている。

　タコを持ったスラきちさんとすれ違い、後ろから甲高い叫び声が聞こえてくる。

　……ヒフィーたちは内陸の人間だから、タコを食う習慣はなかったか。

　ま、あとで録画したのを本人たちにも見せるという罰も入れるべきかねー。

　そんなことを考えながら、俺はいつの間にか、走り出していた。

「いま帰るからな‼」

　馬鹿共より家族が大事なのは、誰にとっても当然なのである。

「はい、ヒフィー、コメット、アウト！」

「ルナ様‼　こんな悪魔を食べられるわけがありません‼」

「ちょ、ちょっとジョン君だっけか？　君の力でお尻を叩かれると吹き飛びそうなんだけど？　え？　手加減する？　いやいや、その前に乙女《おとめ》であって、君はオークで……待った、まったーーーー‼」

バシン‼

「はうっ⁉」

「いったーーーー⁉」

「……醤油とわさびはあるかい？」

「ほいっす」

「あ、どうも。いやー、久々のタコは美味いね」

第323掘：美しき女の友情よ永遠なれと今後の予定

side：セラリア

『ヒフィー、コメット、アウトー』

目の前に映る画面には、そんな映像がライブで流れている。

ルナの声によって、罰ゲームを遂行するスティーブたち。

特製の牢屋の超性能により、牢屋の形が必要に応じて変形し、拷問《ごうもん》……いや罰ゲームを実行しやすい、お尻だけを突き出すような形になる。

もちろん、こんな摩訶不思議意味不明牢屋を作るのは、ナールジアさん。

その提案をしたのは、夫。

と、そんなことを考えているうちに、罰ゲームが迫ることに叫び声を上げる女性が2人。

『ル、ルナ様‼　しょ、正気に戻ってください‼　こんなことをしている暇はないのです‼』

『あはは‼　何言ってるのよ、まずはその牢屋から出なさいって。自力で出られないなら、このゲームを続けるわよ‼』

『ちょ、絶対自分の趣味入ってるよね⁉　わ、私は降参するから、勘弁して‼　お、お尻が限界‼　もうひりひりするよ‼　というか、タイゾウさんだけなんか罰ゲーム回避してない⁉

差別じゃない⁉』

『差別というより、日本のネタのゲームが多いからねー』

『そうですな。納豆とかわさびとか辛子《からし》などは久々に食べれて嬉しかったですが、コメット殿たちには合わないようですな』

『まあ、そうかもね。でも‼　おでんの辛子がダメとか‼　おでんへの冒涜《ぼうとく》よ‼　私がそんな横暴許しはしないわ‼　あと、コメットの降参は却下よ‼　連帯責任‼　ヒフィーの側に付いたなら、最後まで付き合いなさいな‼　やれ‼　しもべたちよ‼』

『『『へーい』』』

バシンッ‼

『『きゃん！！？』』

先ほどからこの2人の罰ゲームを見ているけど、可愛い声で鳴くわねー。

『ぬふふふ……。いいわね‼　もっといい声で鳴きなさい‼　ったく、ガキみたいに強がりばかり言って、穏便に済ませたい私の手を煩《わずら》わせるんじゃないわよ‼』

訂正、あの駄目神と同じ趣味とか、夫に知られたら嫌われるわ。断じて私はあの駄目神と同じ趣味ではない。可愛いもの趣味と言っておこう。

あと、後半の内容は、どこの社会も一緒ということだ。

調整をしている上司の鬱憤が噴出している。

……アーリア姉さまに、こんなことされないわよね？

……いや、やられても、文句を言えないほど厄介事を押し付けた記憶はあるけど。

今度、菓子折りでも持って、ご機嫌を窺《うかが》いに行こう。

ヘタすれば夫に私の妙な情報を流される可能性もある。

それだけはなんとか阻止《そし》せねば。

『えーと、次のゲームは……と。イナゴの佃煮ね!!　うん。これは私も苦手だわ!!　頑張りなさい!!』

『そ、そんなご自身も食べられないようなものを出すなんて!!』

『お、横暴だ!!　というか、ヒフィーさっさと参ったって言ってよ!!　私を巻き込むなよ!!』

『あ、あなたねぇ!!　こんなにあっさり負けを認めていいの!?　ユキ殿は遊び半分なのよ!!』

『いや、つまり私たちはユキ君の遊び半分にも抵抗できないってことだろ？　この妙な牢屋からも脱出できないし……って、タイゾウさんイナゴの佃煮食べてる!?』

うわっ、私でも映像を見て食べる気がしなかったのだが、それをタイゾウはむしゃむしゃと普通に食べている。

『あー、タイゾウは二次大戦末期の日本だっけ？』

『さようです。まあ、その前からイナゴの佃煮はありましたがな。あの食糧難で、私も初めて口にしましたが、別に問題なく普通に美味しいですぞ？　食えないものではないですので、も

の の試しに食べてみてはどうでしょうか？　ヒフィー殿、コメット殿。どうせ食べなければ、罰ゲームです』

『そうね。残り時間も1分切ってるし、そろそろ1個ぐらいクリアしたらどう？　お尻も限界でしょ？　痔になるわよ？』

そして、そのイナゴの佃煮を決意を秘めた目で見つめているのは、コメット。

いや、死体なのに、決意を秘めた目ってなんだろう？

『コ、コメット？　あ、あなたまさか!?』

『私はヒフィーの意地っ張りに付き合っていられないよ!!　わ、私は食べる!!』

『や、やめなさい!!　死んでしまいます!!』

コメットはリッチでアンデッドでしょうに……。

『……毒物ではないのですが』

少し悲しそうなのは、残りのイナゴの佃煮を食べているタイゾウ。

まあ、自国の食べ物を悪く言われると悲しいわよね。

……本人もゲテモノ食いというのは分かっているから、怒ったりはしないのだけど。

『あ、いえ。決してタイゾウ殿の国を悪く言ったわけでは……』

『いえいえ、分かっております。しかし、早く食べなければ時間が……』

タイゾウがそう言った瞬間に、ルナが嬉々として叫ぶ。

『はーい、時間切れー‼　ヒフィー、コメット、アウトー』

『くっ、これも試練。私は耐えてみせます……』

『私食べてたよ‼　ねえ、ルナさん⁉』

『いや、ちょこっと足かじっただけでＯＫになるわけないじゃない。あと、ヒフィーの反応がいい加減つまらなくなってきたから、他の罰ゲーム出すわ』

『『ええ⁉』』

同時に驚く2人。

そして始まる言い合い。

『こら、ヒフィーのせいで変な罰ゲームが始まるじゃん‼』

『わ、私のせいではありません‼　私を置いて逃げようとしたコメットへの天罰です‼』

『なにが天罰だよ‼　もろ物理的だし、ルナさんがヒフィーの反応がつまらないって言ってたじゃん‼　この頑固者、分からず屋‼』

『なんですってー‼』

……ダメだこの2人。

『はいはい。仲良くケンカするのはいいけど。これに着替えなさい』

そう言って、ルナがスティーブたちに持って行かせたものは、水着。

ビキニタイプ。

『こ、こんなハレンチなもの着ません‼』

『へー、最近はこんなものが流行っているんだ。ふむふむ、見た感じ、水につけても透けないから、水に入るための服って感じかな？　ちゃんと局部は隠しているし、これなら、可愛いからいいんじゃないかな？　どうせ、嫌だって言ったら無理やりひん剝《む》かれそうだしね』

『なっはっはっは‼　裸にしてあげるわよ‼　水着はなし‼　私は眼福だからＯＫ‼　タイゾウに見られたいなら、着替えずに裸になるのも手ね‼』

　この駄目神はもっとダメだ。

　変態の素質もあったのか……子供たちとの接触は監視の下に行わないと教育上悪そうだ。

　悪ノリが酷いから、この駄目神。

『ふむふむ。思ったより動きやすいね。水浴びにもってこいだね。すぐ乾きそうだし』

『コ、コメットは恥ずかしくないのですか？　女性がこんな肌を露出するなんて……』

『いや。水浴びの時は全裸だけど。そこら辺はどうなのよ？　そういう意味で言えばこれはかなり凄い発明だよ？　着飾れるし、いいと思うけど。あと私は美少女だし？』

『うるさい。この研究馬鹿』

『なんだってー⁉』

『はいはい。そんなことはいいから。あとはこれに牢屋ごと入れるから』

　そう言って、スティーブたちが湯気が立つほどのお湯が入った、透明の箱を持ってきていた。

『なんですかこれ？』

『お湯かい？　湯浴みしろってこと？』

『まあ、それは変わらないわね。でも、ちょっと熱めにしているわ。火傷はしないほどね。で、今渡したボタンで、相手の牢屋を上下できるわ』

『『!?』』

　2人の顔がこわばる。

　2人の足元には湯気が出る熱そうなお湯。

　そして、それを操作できるボタンが手にある。

　すぐにお互い、ボタンの下を押して、相手を先に落とそうとするが動かない。

『こらこら、醜い争いしてるんじゃないわよ。この罰ゲームはこれからだって話。そして、今回は2人ともアウトだから……ポチっとな』

『『へ？』』

　そうして、降下する牢屋。

　当然、お湯に浸かるように配置している。

『熱い!?』

『ちょ、ちょ!!　熱い!!　熱いって!?　死体はちゃんと冷凍保存しないと!?』

　もう、ビキニ水着の色気なんてどこにもない。

お湯に足が半分まで浸かって、熱さに耐えかねて、ピョンピョンしている姿に笑うことはできても、色気はない。

『あひゃひゃひゃ‼　じゃ、10秒きっちり浸かりましょうね｜』

『『ま、まっ』』

『まちませーん』

そう言って無慈悲《むじひ》に降下する牢屋。

『『あっつー⁉』』

そして10秒後、肌がほんのり赤く染まって色っぽいはずなのに、そこには悲しい姿の美女2人が牢屋の中でぐったりしていた。

『あっはっはっは‼　ひー、お腹痛い‼　よし、しばらくはこの罰ゲームでいくわよー‼』

まだまだ、この駄目神の遊びは終わらないようだ……。

「お、まだやってるのか。効果てき面だな」

「あなたがそう仕向けたんでしょう？」

そう言って振り返ると、夫がツヤツヤした表情でこっちを見ていた。

「子供たちは？」

「もう寝たよ。こりゃシャンスやユーユ、シャエル、エリアも近々喋りだすんじゃないか」

「そうねー。おばあさまから、1人喋りだすと後から続くって話も聞いたことがあるわね」

夫は戻ってきてから、ルナと馬鹿共はほっといて、娘たちからパパと呼ばれて、顔をだらしなくさせて、ずっとつきっきりだった。

私たち妻はほったらかし。

今夜は、私たちもツヤツヤにしてもらいましょう。自分だけ満足とかないわ。

ま、そこは寝るときに忍び込めばいいだけだし、今は……。

「で、あなた。ルナに任せて引き延ばしているけど？　どう収拾をつけるつもりなのかしら？」

そう、あんな茶番劇より、今回の問題、戦争をどうやって回避するのか？　その代案がない限り、ヒフィーは立場上納得できない。

「ほら、ヒフィーたちが量産した魔剣の正体が分からなくて、一応各国に調査命令を出しただろう？」

「ああ、そういえばそんなことしていたわね」

「それで、ヒフィーがおそらく手を回していたんだろうな。各都市のならず者の一派に魔剣が配られていた。手としては悪くない」

「は⁉」

「ヒフィーもちゃんと考えて、世界を相手に回すつもりだったらしい。まあ、その配った魔剣は出力もさらに落ちるらしいけどな。精神制御の関連の実験も兼ねていたんだろうな。これで、仮想敵対国の大御所は各首都の混乱で手いっぱい、ということになるわけだ」

「なるほど。それなら大国を相手にして、十分立ち回れるわね。で、その魔剣を持っている、ならず者を利用するのかしら？」

「そういうこと。リリアーナたち魔族と魔王を切り離したような作戦だな。ヒフィーは魔道具で変装した偽者か、魔剣で操られていたってことにして、アグウストとの戦争回避に使う。アグウストに潜伏している、魔剣を持っているならず者の集団の情報をリークすればいいだろう。あとは、各国に魔剣を持つ集団がいるという情報をそこで流して、ただのならず者の集団でなく、それをまとめるデカい犯罪組織でもいるって感じにすればいい」

「それで、アグウストは納得するかしら？」

「おそらく納得する。わざわざ使者を送り出しているから、今回のことに疑問を持っているんだよ。まあ、国のトップが押さえられたということを突いて、多少なりそこら辺で文句を言うぐらいはするだろうが。アグウストに攻め込んだのは、ヒフィーの正規兵でなかったのが幸いしたな、もともと盗賊だったみたいだし。たぶんヒフィー側で捕まえて実験していたんだろうよ」

「ああ、そういえばそんな報告があったわね。なるほど、それなら犯罪組織がバックにいるって方が逆に納得がいくわね。ついでに、アグウスト自国にもその魔剣を持った集団が潜伏してるのだから、そっちの対応が先ね。文句を言おうにも自分たちも懐に飛び込まれているから、イーブンって感じね」

相変わらず悪知恵が働くわね。

というか、ヒフィーがそこまで裏の方まで手を回しているとは思わなかったわ。

「まあ、ミノちゃんがちゃんと仕事してくれてたおかげなんだよな」

「ミノちゃんが？」

「ああ。俺の命令のあと、こっち側、つまりダンジョン側で用意した魔剣とか魔道具をエナーリアに友好の証として渡しただろう？」

「ええ」

「それを横流しとか解析《かいせき》された可能性を考慮して、かなり深く調べてもらったら……」

「そのならず者の集団にいきついたってわけね」

「そういうこと。で、エナーリアについてはその集団はすでに潰している。ちゃんとエナーリアの将軍や兵士に花を持たせてな。プリズム将軍が先陣を切って壊滅させただと」

「あらあら。あの子も元気ね。その結果、友好国に魔剣を持った犯罪組織が潜伏していたって親書でも送りつけるように言ったのかしら？」

「そうそう。これで、アグウストやヒフィーだけの話ではないということになるわけだ。各国が協力して、この魔剣を持つ架空の犯罪組織に対して協力体制をとることになる。一番厄介な敵になりかねないからな。ま、スムーズにいけばだが」

ちゃんと、今後の展開も考えているし、聞いた限り問題はなさそうね。

あとは……。

『さあ、この熱湯に浸かっていた時間だけが、問題に答えられる時間よ‼　無論、答えられなければ、2人とも熱湯行き‼　じゃ、まずは2人で協力して、問題に答えられる時間を稼ぎなさい‼　お互いの牢屋操作ボタンは持っているわね？　同時にやると、私がどっち見ていいか分からないから、まずはヒフィーから熱湯風呂に浸かりましょうか』

『そ、そんな⁉』

『任せてヒフィー‼　私がちゃんとボタンを操作して、問題に答える時間を稼いでみせるよ‼あ、ルナさん。問題に答える時間ってどれぐらいるのかな？　さすがにそれは教えて欲しいんだけど』

『あー、問題は全5問ね。そうねー、これぐらいならせいぜい30秒かしら？　問題を読み上げているときは時間は経たないから心配しなくていいわよ。ま、余裕を持って50秒を2人で稼げばいいんじゃないかしら？』

『な、なるほど‼　いい、コメット。半分、半分で行きましょう‼　25秒よ‼』

『え？　ヒフィーが50秒稼げばいいじゃん。君のせいで私も巻き込まれてるんだし‼』

『あ、こ、こら‼　あ、熱い⁉　コメット‼　冗談ですよね⁉　ちゃんと25秒で……』

ヒフィーの訴え虚しく、25秒を過ぎても、牢屋が引き上げられることはない。

終わったのは、42秒。

ヒフィーはもう泣いてるんじゃないかしら？

『いやー、ごめんね。ヒフィーなら耐えられると思ったんだよ。ほら、でもヒフィーが頑張ったおかげで、私は8秒でいい』

『はいはい。じゃ復讐どうぞ、ヒフィー』

『……』

『あれ？　ヒフィー、笑顔が怖いけど、ちゃんと8秒で上げてよね？　あっつ⁉　ちょっとまった、もう上げて時間は十分だろ‼』

無論、ヒフィーが8秒で上げるはずもなく、同じ秒数しっかり浸けて、引き上げた。

『ヒフィー、君とは一度しっかり話し合う必要があるね。まさか神様とあろうものが、ここまで意地汚いとは思わなかったよ』

『それはこっちのセリフです。コメットがまさか、ここまで友達がいのない馬鹿だとは思いませんでしたよ。失望しました』

『『ああ⁉』』

睨《にら》み合う2人。

『ひー、おかしい‼』

そして笑う駄目神。

「ねえ。何か憎しみが芽生えてそうよ？ ちゃんとこっちの提案受けてくれるのかしら？」

「別に拷問でもない冗談の部類だ。実行しているのは俺じゃなくてルナだし、グダグダ言うならこの映像を2人に鑑賞してもらって、ポープリたちにも見せるとでも言えば心折れるだろ」

「いや、心折るつもりなのね」

しかし、忘れ去られているタイゾウは……。

『かぁー、風呂はこう熱くないといかんな‼ 気持ちがいい‼』

普通に熱湯風呂を楽しんでいるので、今回のゲーム不参加になっている。

タフね。

江戸っ子って言うんだったかしら？

第324掘：作戦の提案と情報のすり合わせ

side：ヒフィー

「なるほど。たしかにこれならば……」

「そうだね。戦争回避には一番の手だと、私も思うよ」

コメットに視線を向けると、彼女も頷いて賛同してくれます。

昨日、彼女とは色々ありましたが、今はそんなことにこだわっている暇はないのです。

ええ、熱湯風呂に長く浸けられたり、筆で顔に落書きされたり、ランニングマシーンで永遠とも思われる時間を走らされたりしましたが、恨んでいませんとも。

そして、私たちはその結果、ユキ殿と和解し……そう、和解です。

決して、悪のりするルナ様を止めてもらう条件で、降伏したわけではありません。

当初の宣言どおり、お互いの意見をすり合わせて、この大陸を良くしていくという方向になっただけです。

その証拠に、私たちとユキ殿たちは大きい机に集まるように座り、今後の展開を話し合っているのです。

今は、ユキ殿から言われ、戦争を回避する方向で話を進め、その案に私とコメットも納得していたところです。

本当のところは、各国にばらまいていた魔剣のことも把握《はあく》されていて、正直悔しいという思いもあるのですが、このユキ殿の協力が得られるなら、より確実に、この大陸は良い方向に進んでいけると思います。

「あ、タイゾウ殿は、その、どう……思われますか？」

私はこの会議を始めて、初めて、タイゾウ殿に話しかける。

正直、私が進めていた下種《げす》なやり方に幻滅されないか心配で、今まで声をかけられませんでした。

でも、さすがに、ヒフィー側の代表としているタイゾウ殿がずっと沈黙《ちんもく》はまずいので、決死の思いで声をかけました。

返ってくるのは、罵声《ばせい》でしょうか？　冷たい視線でしょうか？

……そう思うと、心が冷え込みます。

「ん？　ああ、いや。話の内容に問題があるとは思えませんが、1つだけお聞きしたいことがある。ユキ殿。この魔力枯渇関連の資料の信憑《しんぴょう》性はどの程度だろうか？　正直、私は今までヒフィー神聖国の国力を上げるための方向でしか事を進めていない。なので、魔力枯渇に関連する知識がほとんどない。まあ、資料1枚2枚で説明しきれるものではないから、詳しいことはまた後日になるだろうが。ユキ殿の口から、どの程度の信頼性かお聞きしたい」

どうやら、私のことに対してはそこまで怒ってないらしい。

ほっ、とする反面。

今度は、今まで本当の目的を話してこなかったことで、タイゾウ殿の理解が追い付いていないというところでしょう。

……どのみち私が悪いのです。

「ユキ君で構いませんよ。別に殿なんてつけなくても、お互いに譲歩できるでしょう。あくまで協力体制なのですから」

「そうか……。たしかに、協力体制だったたな。完全に負けていたから、一応敗者たる態度をと思ったが、余計だったか。で、ユキ君、もう一度聞くがこの資料の信憑性は？」

「正直高いとは言えません。ウィード、俺たちがいた大陸のわずか2年の調査・研究、そしてこの大陸の1年。数字や報告内容は事実です。ですが……」

「そんなわずかな数字では、決めるも何もないか……」

「はい。環境の変化の観察ですし、地球ですら日々修正、新意見とままありますから、断定するのは非常に危ういでしょう」

「当然だな。あとは、この世界に残っている昔ながらの言い伝えや伝承からの考察か……」

「そうですね。ウィードの大陸では魔力だまりで魔物が自然発生するような形になっていますが、この大陸ではもともとの魔力が非常に低く、魔物が湧いて出るというより、魔物が一定の場所で魔力によって生まれ、そこから地方に散らばり繁殖していると考えています」

「ふむ。これについて、ヒフィー殿やコメット殿はどう思われますかな？」

「え？　えーっと……」

「ああ、タイゾウさん、だめだめ。ヒフィーは魔力枯渇を人も魔物もまとめて一掃して、帳尻を合わせようとしていたんだから。細かいことは無視」

こらっ‼　余計なことを言わないの‼

私の睨みを無視しつつ、コメットは話を続ける。

「まあ、私もそれが手っ取り早いとは思うんだよ。この大陸の戦争をやめさせないと、結局は魔力だまりができる。すると魔術学府からいずれ魔物が溢《あふ》れだす。その時にお互い諍いをしていたら手の打ちようがない。ポープリたちが抑えられなかった時点でお察しさ。あ、魔力だまりからの発生は私も調べていて、おそらくは事実だと思うよ。魔力だまりには強力な魔物も多いし、その流れだと思う」

「なるほど。決してヒフィー殿の手段は悪手というわけではないですな」

「そこら辺は、考え方と、立ち位置の違いでしょう。俺の場合はすでに、各国のお偉いさんと繋がり、友誼ぐらいの立場はあるので、はいそうですかと乗り換えるわけにはいきません」

「たしかにな」

「あと問題なのは、魔力だまりが爆発して、コメット殿や文献の通り、魔物の大氾濫が起こったとして、コメット殿の言う通り、各国が対応を取れないだけならまだましで、俺たちでも手に負えない場合も考慮すると……」

「爆発させるリスクは背負いたくないな。そうなれば、この大陸は放棄せざるを得ない」

「けどさ、ユキ君の言っていることは、結局時間の引き延ばしだろう？　そこら辺はどう思ってるんだい？」

「時間は大事ですよ。とりあえず、魔術学府一帯の高レベルの魔物は俺の仲間たちが間引きして、ＤＰへと変換してウィードに持って帰っています」

「何も知らず爆発させるよりは、情報をできるだけかき集めるのが私も大事だと思いますな。それだけで取れる手段が変わってくる。間引きの有効性は私にはよく分かりませんが……」

「なるほど、ＤＰ変換ってことはダンジョンコアに移しているんだね。ああ、その手があったか。うん、タイゾウさん。この間引きは結構有効だと思うよ。魔物が持っている魔力を拡散せずにそのまま確保するやり方だ。ベツ剣や魔剣のシステムを上手く使っている。というか、私が目的としていた本来の使い方に近いね」

……会話に参加できないです。

そんな私をほったらかしに、３人はドンドン話を進めていきます。

「そこら辺の着想はコメット殿のおかげですね。あれがなければ、学府一帯を完全にダンジョン化するというリスクを背負わないといけませんでした」

「それは、一気に爆発の危険があるねー。で、現在の学府一帯の高レベルな魔物ってどれぐらいだい？」

「後で魔術学府の管轄内の魔物をまとめた資料を渡しますが、俺たちでもそれなりの準備をしないと危険な魔物がすでに多数生息しています。たとえばバジリスクの群れとか、オークキングを中心とした村規模のオークたち、あとはワイバーンの多数生息とか」

「うわ。ちょいまって、そのメンツがすでにいるのかい？　うわっちゃー、こりゃ絶対爆発はなしだね」

「それほどの魔物なのですか？」

「うん。オークキングはオークの上位種。オーク自体、大体推奨討伐《とうばつ》レベルが20以上だし、連携を組まれると30はいるかな？　オークキングは50以上。現在の各国にいる将軍、魔剣使いレベルでやっと対応って感じかな？」

「一種の軍隊レベルの強さですな。で、他は？」

「他の方がもっと厄介。オークキングが可愛いぐらいだね。バジリスクは生き物を石化させるブレスを持っていて、レベル自体もオークキングより一回り上。ワイバーンは飛龍種で、レベルはオークキングより少し高いぐらいだけど……」

「空を飛ばれるとそれだけで厄介ですな」

「とまあ、私は知識と戦闘経験があるだけマシだけど、今の国々だとこんな魔物は文献に残っているかも怪しいからねー」

「対応以前の問題ですな」

辛うじて、私も彼らの話は分かります。

今、魔力だまりが暴発して魔物の大氾濫が起これば、私たちでも手が回らない状況に陥る可能性があるのでやめておいた方がいいというわけですね。

……会話には参加できませんが。

「という感じで、魔力枯渇関連はこれからも研究が欠かせない分野なので、特にコメット殿は俺の先任者なわけだから、情報提供というか、研究を専門にやって欲しいと思っています。そっちの方が適任みたいだし」

「お、それ乗った。よく分かってるじゃん、後輩君‼ やったー、これで国の運営とかいう雑務から解放だー。ひゃっほう‼」

「こら、私たちの評価を落とすような言動はやめなさい‼」

「えー、評価ってすでに地の底でしょうに……。せめて協力的な姿勢見せた方がよくない？」

「コメットのそれは、協力的な姿勢ではなく、嫌なことから逃げているという性格を体現してしまっているだけです。いいですか……」

「まあまあ、ヒフィー殿。ここにきて専門分野で能力を発揮できるのはありがたいですし、コメット殿しか、この役をこなせる人はいないでしょう」

「……たしかにそうですが。はぁ、あまり恥をさらさないようにしてくださいね。何かをしでかせば、コメットを庇《かば》ったタイゾウ殿の顔に泥を塗ることになりますからね？」

「分かってるってば」

……本当に分かっているのかしら？

あとで精神制御して、仕事に従事させようかしら……。

「で、コメット殿はいいとして、私やヒフィー殿はこの国の維持かね？」

「そうですね。国を放棄するわけにもいきませんし、こちらの作戦に乗ってくれるなら、国の顔としての協力が絶対に必要です」

「だな。ここら一帯の国力やバランス関連は把握しているから、こちらで力になれるだろう。ヒフィー殿、よろしいかな？」

そう言って私の様子を窺ってくるタイゾウ殿。

たぶん、私が昨日の決闘に不服を持っていないか、心配なのでしょう。

「大丈夫です。ユキ殿、私たちもその提案に協力します」

決して、あの映像をヒフィー神聖国や諸外国に公開するという脅《おど》しに屈したわけではありません。

より良き道筋を、そう、人の新たなる道を見つけたからです。

……本当ですよ？

「では、魔力枯渇はコメット殿も研究に入ってもらうとして、当面は各国への誤解解きなんです。それで、まず最初に……」

「ライナ殿ですね。……あの、私が本当に行くべきなのでしょうか？」

私たちが協力することに否はないが、あれだけ啖呵を切って宣戦布告をしたアグウストの使者であるライナ殿に、私が、また彼女の前に出ていき「この前の私は偽者なのです‼」と言って信用してもらえるでしょうか？

「いや、というより、ヒフィー殿しか適任がいないですね。諸外国にはタイゾウさんも、コメット殿も顔が知れていませんし、せめて一昨日ライナ殿を案内してた時に顔を合わせている司祭や兵士を使って信憑性を増すぐらいしかないですね。あとは、怪我のメイクですかね」

「それでいけるでしょうか？」

「いけると思いますよ？　そもそも、ライナ殿は戦争回避、もしくは情報を集めて帰るという目的があるのです。誤解だったということと、アグウスト国内に不穏分子がいるとリークすれば、かなりの確率でいけると思いますが」

「ヒフィー殿の気持ちは分かります。あれだけの思いで言った言葉を、自身でひっくり返して発言しなければいけないのですからな。まあ、次善策もありますし、大丈夫でしょう」

「タイゾウ殿……分かりました。で、決行はいつでしょうか？　今日の夜ですか？」

「そこまで焦《あせ》らなくていいですよ。明日の昼、ライナ殿が帰るときにギリギリ間に合ったという感じが、信憑性が出ていいでしょう。それまでは各国にばらまいた魔剣の数の把握をしたいんですが、いいですか？」

……ふぅ。

正直助かりました。

今から劇をしてこいと言われて、上手くできる自信がありません。

時間を空けてもらって助かりました。

「数ですか？」

「はい。数です。1つでも紛失しているなら、それはそれでどこかで物騒な物を持って潜伏している奴がいるかもしれないということです。傭兵《ようへい》に持っていかれていた場合は回収が難しそうですし、監視を置かなくてはいけないですし、ちゃんとした数を教えていただきたい」

なるほど、たしかに、魔剣の精神制御は完全ではないので、不測の事態も考慮しなければいけませんね。

「すみません。その資料は今手元には……」

「ああ、詳しい確認や数の報告は後でいいので、とりあえずこちらのエナーリアで回収した魔剣の数が大体合っているか確認をお願いします」

そう言って渡された資料に目を通すと……。

「え？」

そんな言葉が口から出てきました。

「どうかしたかい？」

「何かおかしかったですかな？」

そして、魔剣の開発をしたコメット、各国へ魔剣ばらまきを提案したタイゾウ殿も驚いたような目をする。

「どうかしましたか？」

ユキ殿がそう聞いて来て、３人でゆっくり顔を上げます。

「数が多いです」

「うん。どれほど分配したか知らないけど、こんな数を一国に送ったら、ほかの国に回す余裕がないと思うけど……」

「コメット殿の言う通りですな。ユキ君、この数は本当か？」

「はい。急襲して確保しました。鑑定と動作確認はしていますから、間違いないです。で、数が多いというのはどれほど？」

「およそ、５倍はあります」

これは、まさか……。

その言葉を聞いたユキ殿は、少し顔がぴくっと動きましたが、普通の表情に戻り……。

「なるほどね。ま、簡単にはいかないか」

「なにか予測がつくのかい？」

「いや、コメット殿。人間頑張れば結構何でもできるんだよ。ねえ、タイゾウさん」

「だな。つまり、どこかの組織か国か知らないが、魔剣の開発に成功していて、私たちと同じ手段を取ったという可能性があるわけだ」

「そ、それでは……」

同じ手段ということは……。

「どこかで大きな狼煙《のろし》が上がるかもしれませんねー。あー、面倒だ。ジョン!! 各国のメンバーに通達、魔剣を持つ組織をかたっぱしから潰せ!! ヒフィー神聖国以外に、魔剣を生産している奴がいる。何としても調べ出せ!!」

『了解!!』

世界は、どうして……。

……いえ、仲間が増えたのです。

絶望する前に、やるべきことをやりましょう。

希望はまだ潰えていません。

第325掘：馬鹿と天才と変態×3‼？

ｓｉｄｅ：コメット

「うっひゃー‼　すごい‼　すごいね‼　こいつぁすげえ‼」

私、大興奮‼

緊急事態なんだけど、私は胸の高鳴りが抑えられず、思わず叫んでいた。

だって仕方ないじゃないか。

目の前には、私が見てもさっぱり構造や使い方が分からない器具や道具、武具が山ほど並んでいる。

研究者として、これほど心躍るものがあるだろうか‼

しかも、どれも高度な術式が組み込んである、超がつくほどの高性能なものだ‼

「コメット、落ち着きなさい‼　今はあなたの興味よりも優先するべきことがあるのです」

「分かってるって、おーー‼　なんだあれ‼　なんだあれ‼」

「……まあ、私も叫びたい気分ですから、コメット殿の気持ちも分かるのですがな」

「タイゾウ殿まで……」

さてさて、私たちは今、あの話し合いから一転、私たちが関与していない魔剣のことを調べるため、その魔剣が保管してあるウィードの研究室へと来た。

しかし、この場所の凄いこと。

想像を絶するというか、私たちが勝てなかったのも道理というほどの高度な研究所だ。

「しかし、国相手に魔剣を分けてもらえる立場って凄いね」

私は先頭を歩いているユキ君にそう言う。

「別段なんてことはありませんよ。分けてもらってないですから。向こう側はこっちのアイテムボックススキル保持を知りませんからね。大量に置いてあった魔剣の半分を回収しただけです。突入した部隊は最初からもう半分を実数だと思うだけですよ」

「ああ、なるほど」

そっか、この時代はそういうスキル持ちもそうそういないのか。

ずいぶん魔力も衰退しているなー。

本格的にこの研究所で頑張らないとまずいって感じだな。

「まとめて回収できたのは運が良かっただけでしょうね。他の国の調査で引っかかっているのが、ヒフィーと別からの支援を同時に受け取っているとも限りませんし、後手に回りそうです」

たしかに、エナーリアの方はユキ君の伝手《つて》や私たちの関連で、力を入れて調査をしていて偶然見つけられただけ。

他の国も同じように調べているだろうが、動員できる人数も限られるし、暗躍している相手に対して、先手を打つのは難しいだろうね。

「と、こっちです」

そう言ってユキ君が扉の前にある変な四角柱の上に手を置くと、扉が開いた。

……どういう仕組みだ？

まじまじと見ると、何かしらの魔術的構造があるのが分かる。

……見たことがある。ベツ剣に施《ほどこ》していた、魔力による個人識別だ。

なるほど、こうやって機密を守ることにも使えるのか。

でも、何か魔力とは違う、掌を読み取る構造もあるけど、何の意味があるのかな？

「ほら、興味があるのは分かりますが、後にしなさい。今は一刻も早く、魔剣の違いや出所を調べるのが先です」

「あ、うん。ごめん」

ヒフィーに怒られて、我に返り、後に続く。

で、その中でさらに私は驚くことになる。

「ようこそ。ウィード技術魔力開発研究室へ」

そこには、私の大陸では滅んだと言われている妖精族がいたのだ。

ヒフィーも驚きのあまり言葉を発せないでいる。

「私は、ここで武具開発担当をしております、ナールジアと申します」

小さいお人形のような彼女はそう言って頭を下げる。

「あ、これはご丁寧に。私はタイゾウ・モトメと申します」

「はい。存じております。ユキさんやタイキさんの国からの知恵者と」

「ははっ、凄い紹介をされたものだ。コホン、ご期待に応えられるよう、粉骨砕身の覚悟で協力する所存です」

「お話ができる時を楽しみにしております」

「私もです」

なぜか、タイゾウさんは特に驚きもなく妖精族と話をしている。

……ああ、タイゾウさんは彼女の希少価値を知らないのか。

「で、そちらのお二方は固まっているようですが、妖精族は新大陸では珍しいのですか？」

「す、すみません。すでに私たちの大陸では滅んだと言われて久しいので」

「うん。私は見るのは初めてだよ。文献で知っているぐらいだからさ」

「なるほど。そちらの魔力枯渇は本当に深刻なようですね。明日は我が身。どうかお2人もご協力願えないでしょうか？」

「はい。もちろんです。と言いましても私は大陸で国を守らねばなりません。こちらの、死体娘が研究所へ行きますのでよろしくお願いいたします」

「死体娘ってなんだよ‼　私はコメット。そして、こっちが駄目神のヒフィー。私がベツ剣、いや聖剣と魔剣の開発者で、ユキ君の前任者だよ」

「ふふっ、仲がよろしいんですね。これからよろしくお願いいたします」

ナールジアさんはいい人そうだ。

ヒフィーなんかよりもずっと気が合いそうだね。

あの目は開発者、研究者、職人の目だ。

だって、お互い顔を見合わせただけで、自然と笑みがこぼれたんだ。

彼女は私にとってエターナルフレンドになりそうだ。

「ナールジアさん。で、あの馬鹿は？」

私たちがひと通り挨拶を終えると、ユキ君がナールジアさんに話しかける。

あの馬鹿？

他に誰かいるのかな？

そう言えば、ナールジアさんは武具開発担当って言っていたっけ？

ということは、この研究所の所長さんが別にいるのか。

「ええ、もうすぐ来ると思いますよ」

そうナールジアさんが答えた瞬間、後ろの扉が開かれて、なんかひょろひょろな青白い男が入ってきた。

「人を勝手にあなたと同じような死体と一緒にしないでいただきたい。ま、高位のリッチのようですが」

「ゾンビ？」

お、あっさり私の正体を見破った。

体からにじみ出る魔力も相当だし、この人が所長かな？

もうユキ君たち相手に鑑定は意味ないし、感覚で測るしかないんだよな。

ユキ君たちはすでに鑑定に対する防壁も張っていたみたいで、私と会った時の鑑定結果はダミーだった。

いや、私も隠していることを考慮して、二重に見破ろうとしたけど。

それ自体を「二重で見破ってくるなら、三重に隠していればばれない」という何とも単純な方法で防いだ。

服を脱がされるなら何重にも着ればいいじゃない、って発想。

普通、ステータスって二重でしか隠さないから、それで見破ったと思い込んでしまった。

まあ、ユキ君たちは鑑定されるステータスが一定の法則でループし続ける妨害をしているから、本当のステータスは見破りなどのスキルでは判別不能。どれが本当か分からないしね。

「おい、遅いぞ」

「仕方ないでしょう。あれもこれも仕事回しておいて……人使いが荒いですよ」

「その人員の補給だ。喜べ」

「はあ、そうだといいのですが。ナールジアさんとか武具開発ばっかりの職人馬鹿だし……」

「何か言いましたか？　ザーギスさん？」

ジャコ、ガシャ、ジャキン……。

ナールジアさんが、突如虚空からおそらく銃と思しきものを十挺《ちょう》ほど取り出し、背中からザーギスと名乗った男に向けていた。

「何も言っていませんとも。しかし、また新型が増えていますね。形状からしてミニガンやグレネード系ですか？」

「はい。魔力を薬莢《やっきょう》の代わりに勝手に撃ち出す仕組みになっていますから、魔力が少しでもあれば、弾だけで済む優れモノですよ」

「それだと、魔力がなければガラクタですねー」

「無論、薬莢付きも装填できるに決まっているじゃないですか」

ガシャン。

「リロードしていませんか？」

「私の作った物に不満がありそうなので、実演して見せるのがいいかと」

「それ、私の方へ向いていますよね？」

「実体験の方が、よりご理解いただけるかと」

うん。

とりあえず、あの巨大な銃器が火を吹くと、こっちまで被害が及びそうだ。

「はいはい。それまでにしてくれ。で、紹介しよう、このひょろひょろの青白いゾンビと見紛うような容姿をした奴だが、この研究所の所長だ。専門は魔力研究だ」

「……否定してくださいよ。はぁ、ご紹介に与《あずか》りましたザーギスです。ようこそ新大陸の方々。さて、散々漫才もしましたし、本題に入りましょう。ナールジアさんお願いします」

「分かりました」

そう言って、おそらくナールジアさんが魔力を使って動かしているのだろう、奥の箱がひとりでに浮かんで、こちらにふわっと来る。

魔力操作の延長だろうけど、よく手足のように動かせるなー。

さすが、魔力の塊《かたまり》って文献にあるぐらいだから、これぐらいはたやすいのかな？

で、その箱から出てきたのは、魔剣が２振り。

「こっちが、私が作ったやつだね」

私は迷いもしないで、すぐに右の魔剣を手に取る。

精神制御関連の術式は無効化されているけど、ただ魔力が通らないようにしているだけだ。

こんな芸当はナールジアさんか、ザーギス、ユキ君ぐらいしかできないだろう。

「さすがにすぐ分かりますね」

「当然。自分の手がけた物だからね」

「ふむ。ちゃんとした研究者のようですね。これなら話が早い」

「というか、そっちの別口の魔剣。構造が無茶苦茶だよ」

私がそう言うと、３人がウンウンと頷く。

「そうなのですか？」

「私にはそこら辺はよく分からないな。説明をお願いできますかな？」

ヒフィーとタイゾウさんは分からないようで、首を傾げている。

まあ、見た目は変わらないからね。

「簡単に言うと、構造が無茶苦茶というか、単純すぎる」

「それは無茶苦茶ではないんじゃない？　シンプルなのでしょう？」

「ヒフィー、単純というのは聞こえがいいかもしれないけど、たとえば血液に人の魔力が貯めやすくて応用しやすいからって、体に穴開けて、血を好きな時に取り出せるようにするかい？」

「……それはしないわね」

「私の魔剣の場合は、ベツ剣と、ポープリたちが作った魔剣を参考にして、魔力の融和性が高い金属製の刀身に簡易な術式を組み込んで、はめ込んだダンジョンコアから魔力を抽出するような形をとっているんだ。だけど、この魔剣は、ダンジョンコアに直接簡単な術式を書き込んで、刀身の一部を突き刺して、機能させている。これじゃ、コアの摩耗率が高いし、刀身で斬り合ったときの衝撃がもろにコアに来る。これは無茶苦茶だよ」

「なるほど、それは無茶苦茶ですな」

「似ている使い方としては、スィーアやキシュアたちに直接ダンジョンコアを埋め込んで使用させている感じかな？　まあ、こっちは魔力制御を行う負担が大きい分、こっちの魔剣とは難易度が桁《けた》違いだけど」

「あう……」

私がスィーアたちのことを言うと、ヒフィーが申し訳なさそうな顔になる。

ま、本人たちが望んだことでもあるし、責める気は毛頭ないんだけどね。

一応、それを施した皆はユキ君に保護されたみたいだし。

「と、コメットはこういう意見だが、２人はどうだ？」

「同じです」

「こっちも同じく。が、そうなると、簡単に言えば使い捨て前提です。これをよそにばらまいていることから考えると、これを作った大本は、より性能が高い魔剣を有した上で、それだけ生産できる体制を整えていると考えるべきでしょう」

たしかに、最新兵器をよその国のならず者に渡すなんてあり得ない。

渡すなら最低でも自分のものより下、という話になる。

「ということだ。こっちはどこが大元か調べるから、コメットはこの2人と協力して、この武器の特色をさらによく調べてくれ。発展系の予想は当然、無効化の方法とかな」

「なるほどね。了解したよ。こっちは任せてくれ」

「コメット、ちゃんとするのですよ?」

「分かっているって。そっちだってこれから演技本番だろう? 私たちのほかに、こんなものを作っている連中がいるんだ。このまま開戦したら、これを作った連中に注意しなくちゃいけないし、最悪、そいつらと全面戦争だ。その時の被害は正直想像ができない。裏で秘密裏に片付けるために、そっちの演技が一番大事だよ」

「わ、分かっていますとも」

……大丈夫かな。

研究室から出ていくヒフィーがカチカチなんだけど。

「まあ、ユキさんがいるから大丈夫でしょう」

「そうですね。あの方なら、口八丁手八丁、物理的、魔術的にどうとでもできます」

「それ、万能じゃない?」

「いえいえ、ユキさんの体は1つしかありませんからね。こうやって役割分担しないと、すぐに倒れちゃいますよ」

「ですね。なるべく、ユキの負担を減らさないといけません。さて、そのために仕事に早速取り掛かりたいのですが……」

「何か問題があるのかい？」

私が不思議に思っていると、２人がにこやかに笑って。

「「まずは知識の差異がどれほどか、軽く勉強しましょう」」

「のった‼」

そうだね‼

まずはそこを調べないと、お互い何を言っているか分からないとかあるよね‼

だから、これからナールジアさんの武器やザーギスの研究内容を調べまくるのは、お仕事‼

決して、趣味ではなく、ヒフィーの後押しになるのだ‼

「「「ふふふふ……」」」

こいつぁ、楽しくなってきたぜ‼

第326掘：ロ八丁手八丁、あの手この手で

side：ラライナ　アグウスト国所属魔剣使い

「大丈夫でしょうか……」

私は何度目かになる言葉を吐いた。

ヒフィー神聖女殿の宣戦布告から2日。

私たちは奇跡的に、まだヒフィー神聖国に留まれている。

その理由は、護衛として来てくれていた傭兵団の団長、ユキ殿の知り合いが、このヒフィー神聖国で高い地位にいると分かって、彼らがそちらの方から、ヒフィー神聖女殿と話し合いの場を設けて、何とか戦争を回避するための話し合いをしているからだ。

「大丈夫です。私の夫ですから」

「そうですわ。ユキ様ならやって見せます」

「ん。ユキに任せておけばいい」

そう言って答えてくれるのは、彼の傭兵団の団員であり、妻でもある人たち。

このような場所まで来る女傑たちだが、なぜそこまでユキ殿を信頼できるのだろうか？

そして、私は彼らに話し合いを任せて、ここで何をしているのだろうか……。

私は、ヒフィー神聖女の言った言葉に返事を返せなかった。

……違うと、否定したかった。

でも、私の在り方はたしかに、ヒフィー神聖女の言う通り、人の命をすり減らしている所業ではないのか？　という思いがよぎっていた。

まあ、それは私個人の問題だからさほど問題はない。

だが、このまま戦争に入ればどれだけの犠牲が出るか分からない。

しかし、あの時、私はヒフィー神聖女殿を止める言葉を持ち合わせていなかった。

彼女が戦争を起こすのを止められないと思ってしまって、今も止めるための言葉を考えては否定している。

ユキ殿たちはいったいどのような話し合いで、この2日という時間を費やしているのだろうか？

「あ、あの、エリス師匠、リーアさん」

「ん？　どうしたの？」

「どうかした、アマンダちゃん？」

横では、私と同じようにあの時の話し合いで不安を覚えている竜騎士アマンダ殿が、エリス殿たちに声をかけている。

「ほ、本当にユキさんたちは大丈夫でしょうか？　そ、そのエオイドからは、タイゾウ殿は温厚だって聞きましたけど……。そ、その、ヒフィー神聖女様は……」

「本気だった？」

「……はい。だ、だから、助けに行きましょう‼」

アマンダ殿は耐えきれず、そう叫んだ。

そう、アマンダ殿の言う通り、最悪、今まさに交渉《こうしょう》が決裂して、ユキ殿たちが襲われている可能性もあるのだ。

……私より技量の低い彼らでは、乗り切るのは至難の業だろう。

「大丈夫だって、アマンダ」

しかし、そのアマンダ殿に声を返したのは、エリス殿やリーア殿ではなく、夫のエオイド殿だった。

「大丈夫なわけないでしょ‼　エオイド、あなたの師匠2人が危険な目に遭ってるかもしれないのよ‼」

「あの2人なら大丈夫だよ。タイゾウさんもいるんだし」

「なんでタイゾウ殿を信じられるのよ。私は剣のために約束を守るなんて信じられないわ」

「それはあの場面を見ていないからだよ。タイゾウさんは約束を守る。そして俺も、2人もそれを信じたんだ。エリスさんたちが落ち着いているのは、それを信じてるからだよ」

「……そうなんですか？」

私も彼女たちの落ち着きぶりは気になっていた。

正直、彼女たちの方が、取り乱してもおかしくない状況なのだ。

次の瞬間、殺害されたユキ殿がこの部屋に放り込まれてもおかしくないというのに。

だが、エリス殿も、先ほど信頼の返事を返したサマンサ殿たちも、まったく自然体だ。

わざと冷静さを保とうとしているのでなく、日常の風景のような感じなのだ。

「ねぇ、エリス。そろそろネタばらししていいんじゃない？」

「あー、そうねー。ま、動き出す頃だし、聞いてもらいましょうか。ラライナさんも話を聞いていただけますか？」

「……？　構わないですが、動き出すとは？」

「そうですね。ミリーとはお知り合いですよね？」

「は、はい、その通りです。やはりあなたたちがミリー殿の言っていた人たちなのですね？」

今まで確信が持てなかったが、エリス殿からミリー殿の話が出たのなら間違いないだろう。

「はい。彼女たちは情報集めの担当みたいな役割で色々動いているのですけど……。このヒフィー神聖国で妙な動きが出ているのですよ」

「妙な動きとは戦争のことですか？」

「それも含めてですね。一昨日お会いしたヒフィー神聖女様は明らかに戦意が高かった。今まではそうでなかったのに」

「それは準備が整ったからでは？」

「たしかに、その可能性はありますが、それだけではなぜいきなり大国にケンカを売るのか些か分からない。普通であれば、周りの小国を取り込むのが定石でしょう。このままでは袋叩きに遭います。それをどうにかできる方法があるにしても、ヒフィーに住む民には絶対に被害が出ることでしょう。そんな手を神聖女様が打つとは思いにくい」

「それは、私や陛下も考えていました。しかし、本人がどうとでもできると……」

「で、ここで耳寄りな情報です。ここ最近、まあ私たちがエナーリアにいた時に起こったことですが、ローデイへの内通者のせいで、エナーリア首都が襲撃される事件が起こりました」

「それは聞いています。大臣が糸を引いていたと」

「その後の調査結果が届きまして、その大臣を処刑したあと、大臣の隠し地下室から大臣が発見されました」

「は？　他の大臣が捕まっていたのですか？」

「いいえ、違います。まったく同じ顔形、体形まで一緒のそっくりさんです」

「それはどういうことでしょう？」

双子の兄弟だったとかか？

「処刑された大臣の墓を掘り返して検分したところ、まったく別の男がその墓に入っていました。しかし、処刑当時と同じ服装や、墓が掘り返された様子もないので入れ替わったわけではなさそうです。で、ここまでの状況で考えられるのは1つ」

「姿を真似る魔術か何かがあるということですね‼」

「はい。正直この話は超極秘の情報です。意味は分かりますね？」

「ああ。その魔術があるのであれば誰が敵か味方か分からない……」

こんな混乱するような情報をポンポン流すわけにはいかない。

権力を狙っている意地汚い連中はこぞって、ここぞとばかりにその事件を理由に政敵を排除しようとするだろう。

変装の魔術を使っている方も、使っているのはばれないはずだから、より効果的な——⁉

「まさか⁉」

「はい。その可能性を考慮して、私たちエナーリアの事件に関与した者として、この使者の護衛に就いたというわけです」

「え、え？　わ、分かんないです……ごめんさない」

アマンダ殿は話についていけないのか、混乱している。

ここは少し私が整理して話すべきか。

私も少し説明しながら、自分の中でも整理をつけたい。

「アマンダ殿。たとえば、完全に他の人に変装できる魔術があればどう使うと思いますか？」

「え？　そ、それは……その人の代わりに授業受けたり？」

「ははっ、それはいい使い方ですね。だが、偉い人に成り代わることもできるとしたら」

「あ、ああ。それってエリス師匠たちがエナーリアで関わった事件ですよね？」

「そうです。だが、その偉い人にはまだ上がある」

「……ええっ、それってもしかして、ヒフ……」

アマンダ殿も同じ答えにいきついたのか、声を上げて言おうとするのを私が押さえる。

「それから先は言ってはいけない。あくまで可能性です。そして事実だとすれば、その事実を知った私たちは消されるし、何としてもこの真意を確かめなくてはいけない。偽者が成り代わっているのなら、どこかの組織が糸を引いているはず。国と国で潰し合いをさせていることから、よほどの大きな組織と見るべきです。これはこの大陸で人の歴史が始まってから最大の問題かもしれない……」

「そ、そこまでですか？」

事態の大きさにようやく気が付いたのか、アマンダ殿は顔を青くして小刻みに震えている。

「で、動き出すと言いましたね。それは裏が取れたということですか？」

「はい。ミリーもこの場に来ていますよ」

「本当か!? と、すいません。本当ですか？」

「ふふっ、ミリーから話は聞いています。今となっては知れた仲ですし、堅苦しいのはなしでいきましょう」

「……分かった。で、ミリー殿から報告があったんだな？」

「ええ。聖堂の地下に、本物と思《おぼ》しきお方が見つかりました。今日明日あたりに、ミリーが救出、そして、本物とミリーたちが、ユキさんとタイキさんが交渉している偽者の所になだれ込み、押さえる予定です」

「それは、私も協力するべきでは？」

「ダメです。私たちは囮《おとり》なんです。相手が警戒しているのは、エナーリアの事件に関与していた私たちです。ここでじっと待つ方がその役を果たせるんです」

「……なるほど。で、救出が終わり、偽者を押さえた後、私は本物のヒフィー神聖女殿から話を聞き、即座にアグウストへ戻るのだな？」

「はい。そうしなければ、ライナさん自身が裏で糸を引いていたと言われかねません」

「そうか、事実を知って動いている君たちと私ではこの問題に対して取れる行動が違うのか」

「そうです。今、私が話したことで知ったといっても、それは誰も与り知らぬこと。ヒフィー様以外に内部に入り込んでいる者がいないとも限りません。ですので、直接ヒフィー様から話を伺《うかが》い親書を持って送り出してもらうという手順がいるんです」

たしかに、私の身が拘束《こうそく》されればそれでおしまいだ。

エリス殿たちにもできないことはないが、アグウストへ伝える手段が乏しくなる。

それはどう考えても、状況に対して後手に回りすぎている。

「しかし、その話を聞くと、私の方がおまけみたいだな」

「結果はそんな感じですけど、何もなければライナさんに頼るしかなかったですよ？」

「そうだな。だけど、多少は肩の荷が下りた。そういえば、その話、陛下はご存じなのか？」

「私たちから情報提供したということはないです。学府へすぐ連絡できる道具がありますから、そちらから何かしらの情報を得ているかと思いますが、詳しくはまったく……」

「おそらく陛下も知っていて、このような布陣にしたのだろう。お人が悪い」

「確証もある話ではないですから。迂闊《うかつ》に話すこともできなかったんだと思います」

「だな。私もこんな話、誰にすればいいのかすら分からん」

ふぅっと一息入れていると、リーア殿がお茶を出してくれる。

「どうせ動き出すまで暇ですし、というか動き出しても暇ですし、お茶でも飲んで、これをしましょう」

リーア殿はそう言って、長方形の札のようなものを取り出した。

なんだろう？

「あ、トランプだ。持ってきてたんですね？」

「はい。暇を持て余すことがあると思って」

「とらんぷ？」

聞き覚えがないな。

学府で流行《はや》っている新しい遊び道具か？

「あら、良いですわね」

「ん。大富豪がいい」

「……もうちょっと、緊張感は必要だと思うのですが」

「まあまあ、ピリピリしすぎても仕方ないわよ」

「……そうだな。ジェシカ殿、私にそのトランプとやらのやり方を教えてくれないか？」

「はあ。ラライナ殿がそう言うのであれば……」

そうして、トランプは途中から賭けが加わり、壮絶な手札の読み合いが始まり、気が付けば……。

ドンッ‼

扉が開かれて、傷ついたヒフィー神聖女殿とミリー殿がユキ殿、タイキ殿たちを伴って部屋に入ってきて……。

「申し訳ありません、ラライナど……」

「こっちはスリーカードだ‼」

「残念、こっちはフルハウスですよ‼」

ああ、また負けた⁉

なんでそんなに引きがいいんだリーア殿⁉

も、戻ったら、妹に何か美味しいものをと思って取っていた分が……。

いや、まだだ。負けてはいない‼

武具の修繕費をつぎ込んで取り返せばいいのだ‼

「もう一度勝負‼」

「ははは‼　何度やっても同じですよ‼」

そう、勝てばいいのだ‼

「2人とも、いったん中止を」

「ジェシカ殿、止めてくれるな‼　このままでは‼」

「いや、あの、ヒフィー様が見えられていますよ？」

「は？」

「あれ？　ユキさんおかえりなさい」

私はギギギ……と顔を扉へ向けると、ヒフィー神聖女殿が微妙な顔でこちらを見ていた。

「た、大変申し訳ありませんでした‼」

「い、いえ。くつろいでいただけて何よりです……私の演技、無駄になっちゃった……」

「何か言われましたか？」

「いえ。少々、事情を説明したいので、今よろしいでしょうか？」

「は、はい。構いません‼」

「じゃ、私の勝ちー‼」

そう言って、かけ金はリーア殿の懐へ流れていく。

……あとで絶対取り返してやる‼

第327掘：ケーキの恨みと女子会

ｓｉｄｅ：ラビリス

「退屈だねー」

「退屈なのです」

アスリンとフィーリアがそう声をあげる。

現在アグウスト首都に残っているちびっこメンバーは暇を持て余していた。

仕方のないことなのよね。

私たちは現在アグウストの王城の客室で４人ぼっち。

アグウストの王様が戻ったことで、王城は一息ついてはいるけど、いつ戦争になってもいいように準備をしているから、城内の兵士はピリピリしている。

ユキたちと魔剣使いの使者の交渉次第で色々大きく動くと思うわ。

まあ、すでにルナが混ざってしっちゃかめっちゃかになっているみたいだけど。

……行かなくてよかったわ。

「そうですねー。ラッツさんもルルアさんもファイゲルさんの所へ行ってしまわれましたし、デリーユさんは霧華《きりか》さんと調査に行っていますし……」

シェーラの言う通り、ラッツとルルアはファイゲルさんの所へ無線機とは別の、カメラの交渉に向かっている。

もちろん、サマンサの親の公爵家からの品物と言ってだ。

この前は緊急事態で話が中断してしまったから、多少落ち着いている今のうちに話をしてしまおうと、行ってしまったのよね。

デリーユも霧華と組んで、ユキから頼まれた調査の援護に行っている。

ユキたちが戻れば色々動くことになるだろうし、今のうちにアグウストでやっておくべきことはしておかないと、ということで動けるラッツとルルア、デリーユなどは忙しそうだ。

……ちっちゃい私たちはこうやって、お部屋に缶詰だけど。

下手に外に出ると、変な厄介ごとに巻き込まれるだろうし、２人もそれが分かっているようで、文句を言いつつもお部屋でトランプなどをしてのんびりしている。

私もシェーラもそのトランプに加わって、ぼーっとしているというわけだ。

「正直、ウィードの方に戻って学校に行った方がマシね。それか、一緒にヒフィー神聖国の使者に行けばよかったわ」

「ヴィリアちゃんと遊べばよかったなー」

「兄様と一緒に行きたかったのです」

「まあまあ、こういう経験もたまにはいいでしょう。はい、上がりです」

「「「あ」」」

そう言って、私たちをたしなめていたシェーラが大富豪をしれっと一番で上がった。

「うにゅー‼　負けないよ‼」

「お菓子は渡さないのです‼」

「私もボヤいている暇はなさそうね」

いい加減暇すぎて、ミリーたちがよくやっている賭けも混ぜていたのだが、油断しすぎてシェーラを1位上がりさせてしまった。

今日のお菓子はショコラケーキ、これを半分奪われるのは何としても阻止しなければいけない‼

最下位が半分取られるから、何としても2位、3位で上がらないと‼

「んー、美味しいねー」

「美味しいのです」

「ええ、とっても美味しいですね」

「……シェーラ」

「ダメですよ。最下位になったのはラビリスなんですから」

ううっ、ひどいわ。

私のショコラケーキが半分なくなっている。

そう、私は接戦の末に敗れて、シェーラにショコラケーキを半分奪われた可哀想《かわいそう》な女の子。

……いいわよ。ダイエットだって思うから。

と、自分をごまかして、少ないケーキをちまちま食べていると、いきなり部屋の扉が開かれる。

「甘い、いい匂いがするな‼」

いきなり入ってきた失礼な輩《やから》は、ユキやタイキと同じ年頃と思しき体格の少年だった。

身なりはそれなりによくて、兵士でもないのに王城内で帯剣をしているから、それなりに偉い人なのだろう。

その男は、唖然としている私たちの下へとツカツカ歩いて来て……。

「これが、匂いの元だな」

「「「あ」」」

ひょい、ぱく。

あろうことか、私の小さくなったケーキ半分が、クソ野郎の口の中に消えた。

「おおー、美味いな‼　残りもよこせ‼」

そう言って、残りのケーキに手を伸ばそうとするが、さすがにそんなことを二度も許すことはなく、3人はすぐにお皿を持って逃げる。

「こら、逃げるな‼　無礼者が‼　そんな美味い菓子はお前らにはもったいない、俺によこすといい」

……よし、ころ……すのはやめておいて、ぶっ飛ばそう。

バキィ‼

「へぶっ⁉」

ゴロゴロ……ドン‼

右ストレートだけでよく転がったわね。

「ストラーイクだね」

「ストライクなのです」

「ですね。きっとピンがあれば全部倒れています」

うん。私もそう思うわ。

ま、そこは置いておいて……。

「で、貴方は誰かしら？　女性の部屋に入ってきて、物を奪うとか」

ウィードじゃ現行犯逮捕よ。

スィーツ強奪もあるから重罪ね‼

「……き、貴様‼　俺にこんなことをしてただで済むと思うのか‼」

……ああ、そういうタイプ？

とりあえず、私は起き上がれないでいる男に近づいて顔を踏みつける。

「ただで済むわけがないでしょう‼　さっさと私のケーキ返しなさいよ‼　あと、私たちが部屋でくつろぐ姿を見たんだから、土下座して感謝しなさいよ‼」

「き、貴様⁉　へぶっ⁉」

あー、腹が立つ。

ユキ以外の男に見られるのが不快なのは分かっていたけど、今回のは格別に腹が立つ。

私のケーキは食べられるし、この野郎私を押しのける際に、肘《ひじ》でおっぱいに触ったのよ‼

処刑よ。

故意ではないとはいえ、処刑。裁判は要らないわ。

もう一発、踏みつけてやろうと、足を上げたそのとき……。

「貴様‼　坊ちゃまに何をしているか‼」

そんな声が聞こえて、何か風を切る音が聞こえる。

そのまま弾いてもいいけど、色々な意味で、憂さ晴らしと、さっきの落とし前はこのクソ野郎では埋まらないからもっと遊びましょうか。

そう思って、身を引く。

すると、今までいた場所に銀線が走り、剣を振りぬいた状態の兵士みたいな人がいる。

「あらあら、無手の子供相手にずいぶんね？　こっちのクソ野郎が無礼を働いたのよ？」

私は挑発するように笑いながらそう告げる。

この手合いにはこういうのがいい塩梅で効くでしょう。

「ち、違う!!　このガキがいきなり殴りかかってきたんだ!!　斬り捨てろ!!」

「「「はっ!!」」」

そう言われて、お連れの他の兵士たちも同じように剣を抜く。

確認を取るような奴らはいないか……。

ま、それなら遠慮はいらないわね。

「ううっ……」

「ぐ……」

「ば、馬鹿な……」

物の数秒で10人はいた兵士は廊下に綺麗に倒れていた。

だめねー。訓練が足りないわ。

さ、あのクソ野郎の続きを……。

「う、動くな!!　こいつがどうなってもいいのか!!」

「あら？」

「うにゅ？」

けっこう素早いのね。Gかしら？

気が付けば、いつの間にか部屋へ入ってアスリンを抱き上げて剣を首筋へ向けている。

でも、それって逆効果なのよねー。

ほら、アスリンの陰から十魔獣たちがもぞもぞ湧いて……。

「何の騒ぎだ‼　ラビリス大丈夫か⁉　って、アスリンに何をしているか‼　ヒッキー‼」

忙しいわね。イニス姫様。

まあ、おかげで大義名分の下、ボコボコにできそうね。

面倒な後始末はイニス姫様に任せましょう。

で、それはいいとしてヒッキーって凄い名前ね。

「どうも何もありません。そこの怪物が暴れていたので、討伐しようとしているのです‼」

……言うに事欠いて怪物とか、失礼極まりないわね。

「怪物などとふざけたことを言うな馬鹿者が‼　この方たちは私の客人であり、竜騎士殿の学友だ‼　というか、どこが討伐だ‼　どこからどう見ても、無手の子供相手に負けたようにしか見えんわ‼　恥を知れ‼」

「ひっ⁉」

イニス姫様の怒気に驚いたのか、剣をさらにアスリンの首へ近づけ……。

「いたいよぉ‼　おっぱいさわらないでぇ‼」

胴体を握りしめすぎて、アスリンのおっぱいを思いっきり掴んだようで、アスリンが痛がる。

私もその瞬間殺そうかと思ったのだが……。

ゴキン‼　ゴリッ‼　ベキン‼

そんな音がして、ヒッキーの片腕がジグザグに折れ曲がり、首に当てていた剣はへし折れ、アスリンはヒッキーの腕から離れて、着地する。

「は？」

唖然とした声を上げたのはイニス姫様だけ、私たちはすぐにアスリンの傍《そば》に近寄る。

「うぎゃぁぁっぁぁーー‼　う、腕がぁぁ⁉　俺の腕がぁぁぁ‼」

「うるさい‼」

「うるさいのです‼」

「黙っていてください。変態‼」

ゴス‼　バキ‼　ドス‼

私たち3人の攻撃でヒッキーを黙らせる。

「ふぇーん。おっぱいがいたいよぉー」

「た、大変なのです‼　ルルア姉様に連絡を取るのです‼」

「ルルアってどこに行ってたかしら？　コールで……」

「ダメです、人目があります」

あ、そうだった。

泣きじゃくるアスリンをとりあえず宥《なだ》めつつ、ヒッキーとかいうクソ野郎を蹴りだす。

廊下にいる兵士も動き出されると非常に迷惑なので、そのまま魔術で麻痺させて眠らせる。

そんなことをしているうちに、アスリンは泣き止んでいた。

「くすん」

「大丈夫なのですか、アスリン？」

「ヒールは効いていますか？」

「うん。くすん。もう痛くないよ。ありがとう」

ようやく笑ってくれたアスリンに3人で安堵《あんど》する。

もう少しで十魔獣がこの城を吹き飛ばしていたところね。

「で、イニス姫様。私たちをどうしますか？」

「あ、ああ。心配はいらん。どう見てもヒッキーが悪い。この件でそちらが咎められるようなことはない。私が直々に言っておく。あと、この馬鹿が迷惑をかけてすまん!!」

……本当にイニス姫様はこういうところ真っ直ぐよね。

私たちに頭を下げるなんて、凄いことだと思うわ？

「緊急事態で非常招集をかけた結果、こんな馬鹿が来たのだ。こいつは地方の公爵領の馬鹿息子でな。散々甘やかされてきたのか、常識を知らん。媚びへつらうことだけは得意だがな」

「で、私たちはこのことを、ユキさんやポープリさんに報告していいわけですね？」

シェーラはと言うと……。

そんな言い訳はどうでもいいんだよ。大事な妹泣かせた落とし前はどうするつもりだ？　頭下げただけでおさまると思ってるのか、おい？　ああっ⁉

って感じの絶対零度の視線をイニス姫様に向けている。

同じお姫様だから、そこら辺は遠慮なくガンガン攻めるわね。

「危害を加えられたのに、謝罪だけで済ますとでも？」

「い、いや、待ってくれ‼　ちゃんとヒッキーは処分する‼　君たちやユキ殿たちにはちゃんと謝罪と何かしらの賠償《ばいしょう》も支払う‼　だから、そんな報告はしないでくれ‼」

イニス姫様が顔を青くしてそんなことを口走る。

まさか、子供と思っていた子がこんなことをペラペラよどみなく言うとは思ってなかったのだろう。

あと、こんな報告をされれば、アグウストの立場が非常に悪くなる。

シェーラ相手になあなあで済ませようと思ったのが間違いね。

いいえ、アスリンを泣かせておいて、私のケーキを奪って、乙女のおっぱいを触った罪は重いわ‼

その後、ラッツやルルア、デリーユが戻ってきて本格的に今回の問題の謝罪と賠償について話し合われて、ヒッキーのクソ野郎は公爵領の後継ぎから外され、王都からすぐに帰された。

イニス姫様がかわいそう、とアスリンやフィーリアは言っていたが、もともとはそういう管理をできていないイニス姫様たち上の人も悪いのだ。

だからきっちり搾り取っておくわ。

これが、ユキのためにもなるのだから。

そうして、その夜。

私たちは問題が起こってもすぐに分かるように、イニス姫様の寝室の隣に部屋を移された。下手に馬鹿共が侵入できないようにとの配慮から。

「おおーーー‼　これは美味いな‼　これをあのヒッキーはいきなりかっさらったのか。これは極刑ものだな‼」

そんなことを言って、事の発端であるショコラケーキを一緒に食べながら言う。

「あはは、美味しいのは認めますが、いいのですか？　公爵の息子にあのような処罰は色々荒れるのでは？」

ラッツはそう言いつつ、おかわりのケーキをイニス姫様のお皿に乗せる。

「構わん。あいつらは昔から目の上のたんこぶでな。ある意味今回のことで権力を大幅に減らしてやれたから、ラビリスたちには感謝したいぐらいだ。まあ、あんな目に遭わせて本当にすまない。ごめんな。てっきり、私の方に来るかと思っていたのだが、ケーキに釣られるとは思わなんだ。ま、この美味さなら釣られるのは分かるが」

そっちも色々大変なのね。

そういえば、ラッツやルルアから聞けば、賠償のほとんどはその公爵から巻き上げたって話だし、本当にどうにかしたかったのね。

「ううん。おかげでイニスお姉ちゃんと一緒にケーキが食べられるから嬉しいよ」

「嬉しいのです」

「うん。ありがとう。私もお前たちとのんびりケーキが食べれて幸せだ。横の部屋に招くなんてこんなことがない限り無理だしな。ある意味ラッキーだ」

こうして、イニス姫様の親友という立場が公に認められることになったわけだけど。

……ユキはちょっと嫌がるかもね。

「んー!! 美味しい!!」

でも、ケーキは美味しいの。

皆で幸せは分け合わないとね。

クソ野郎以外は。

第328掘：空いた時間のご褒美とおまけ

side：ミリー

「お願いします‼　どうか、どうか、陛下にはこの話はご内密に‼」

そう言って頭を下げているのは、どこかの国の魔剣使いでラライナって言う女性。

うん。笑ったわ。

腹の底から笑ったわ。

いや、現場では笑わなかったけど、心の底では大笑いしたわ。

だって、ヒフィーの尻拭いを演技でごまかす方針を固めて、エリスに根回しの適当な説明を頼んで、信憑性を持たせるために、私まで巻き込んだって言うのに……。

結果は色々な意味で大惨事。

ラライナはリーアと賭けトランプをしていて、ヒフィーにまったく気が付かず。

演技が上手くいくか心配していたヒフィーの努力は水泡と帰し、少し泣いていた。

間違っても、ラライナが動き出さないように、足止めの方法を考えていたんだけど、まさかリーアのトランプが嵌《はま》るとは思わなかったわ。

しかも、リーアに予想通りの大惨敗。

なぜか知らないけど、リーアって引きが強いのよね。

だから、山札から手札を揃える系のトランプゲームはご法度。

つまり、ポーカー、ブラックジャックなどはきつい。

最初から札が全員に配られているなら勝利の可能性あり。

大富豪、ダウト、七並べとかね。

私たち全員でリーアを警戒して、手札を封じられるから。

と、話が逸れたわね。

そんな明後日方向への大暴投の失態をお互い見せたためか、特に問題なくスムーズに、戦争は第三者が裏で糸を引いていたという話でまとまった。

ラライナが大失敗して、頷くしかできない状況だったからある意味では大成功だったのでしょうけど。

お互い、痛いところには触れないように会話していたしね。

で、その結果、私の前で頭を下げているラライナが出来上がったわけ。

私のことは勘違いで、アグウストの王様の密偵みたいな扱いになっているし。

あの時の失態を報告されると思って説得しているというわけだ。

まあ、私もあんな痴態をユキさんに報告されると思ったら、なんとしてでも止めるわね。

……最悪、口を封じることも考えるわね。

「大丈夫よ。そんなことしている暇もないから」

「暇があれば報告するのか!?」

うん、本人にとっては死活問題だから簡単には流せないわよね。

「あー、言い方が悪かったわ。今後絶対、誰にも言わないわ」

「ほ、本当か?」

「口で言っても心配よね……そうだ、今度王都のおすすめの酒屋で奢って。それが黙っている対価でいいわ」

「分かった。いい酒屋を知っている。ミリー殿もきっと気に入ると思う」

「ええ。楽しみにしているわ」

ふう。

これでライナの気が済むならいいでしょう。

でも、私たちは本当に、そんなことをしている暇すらなさそうだけどね……。

「ま、当分は色々忙しいでしょうから、今のうちに休んでおきなさい」

「ああ。戻ってからが本番だな……戦闘の誤解と、裏で糸を引いている者たちへの調査対策。これだけ国々をひっかきまわして、ただで済むと思うなよ……」

ライナはそう言って、ワイちゃんの籠から、アグウスト国の方を見つめてそう言う。

これからが本番。

それは私たちにとってもそうなのよね。

本当に黒幕というか、こっちが用意しなくて済んだのだからいいんだけど、相手の動きどころか、どんな組織が裏にいるのかまったく分かっていない。

ナールジアさんやザーギス、新たに加わったコメットがその組織の魔剣を調べているみたいだけど、それで全部分かるわけないし、各国の魔剣を持つ潜伏者を潰さないといけない。

しかも、その国に協力しつつ私たちも情報を得て先回りしなければいけない。

普通は無理。

だけど、その辺はユキさんのおかげで快適に動き回れて、情報の収集、隠蔽《いんぺい》が簡単にできる。

すでにアグウスト、ランサー魔術学府、ジルバ、ローデイ各首都内の、魔剣を持つならず者たちの所在は確認している。

ならず者たちは情報をある程度外部から収集したあと、私たちがこっそり襲撃して、壊滅寸前まで追い込んでから、国へ情報提供して確保させる予定だ。

エナーリアの件も、実はミノちゃんが軒並み、強い奴らをぶっ飛ばしていて、その後、エナーリアに花を持たせるためにプリズム将軍に連絡して残党を排除させて、魔剣も渡していい分だけ残しておいたのだ。

無論、怪しい奴は捕まえてこってり絞《しぼ》っている。

すでにアグウスト内の魔剣を持つならず者の話は、予定通りに、ヒフィーからラライナに伝えられていて、戻ればすぐにアグウストは手を打つだろう。

それと同時に動くと非常に厄介なことになりかねないので、残っている霧華の集めた情報をもとに、デリーユ、ラッツが動いている。

私も、アグウスト首都に着いたらすぐにそちらに合流して状況把握をしないといけない。

「しかし、ミリー殿が先にヒフィー神聖国に乗り込んでいるとは思わなかった。あの話の後すぐに向かったのか？」

「ええ、そんなところね」

実際は、ライナが言い負かされた後にユキさんのダンジョンからぽんっと来ただけ。

おかげで、私がアグウストの調査を霧華に全部任せる形になった。

「今回のミリー殿の活躍、ちゃんと陛下にお伝えしておく」

「うん？　ああ、ちょっとまって、それはダメ」

「なぜだ？」

「……まぁ、いいか。私はユキさんのところの密偵みたいなものよ。陛下とは関係ないわね」

「は？　では、父の店での一件は？」

「ただ単に、同行者になりそうなライナの実力が知りたかったってところかしら？　足を引っ張られるのもごめんだしね」

「あ、足を引っ張られるというのは……。まさか、ミリー殿ではなく？」

「もちろん、この中で一番実力が低いのは、アマンダとエオイドを抜いてライナ、貴女よ？」

私がそう言うと、ライナは顔をギギ……とさび付かせた様子で、炬燵《こたつ》でのんびりしている皆を見てから、またこちらに視線を戻す。

「まさか、あの線の細さでか？」

「いや、それを言ったら、貴女もでしょう？」

今のところ魔剣使いの女性は男勝りというわけではなく、しっかりとした美女が多い。

無論、ライナもだ。

私が冒険者ギルド時代に見た、こう……男性と見紛うような豪快な女性冒険者が魔剣を持っていたというのは見ていない。

たぶん、コメットのノリからスタイルが一定以上を女って認識しているんじゃないかしら？

あと、魔力と魔術の才能。

全員が全員、見たところスタイルはそれなりだし、ペッタンコはエージルだけ。

……？　例外はやっぱりいるわね、スタイルははずれかな？

って、そういえば魔剣の方は、聖剣使いとポープリが作ったんだっけ？

ま、後で聞いてみましょう。

「いや、そんなまさか。しかし、ミリー殿が嘘を言うわけも……」

横では、私の言葉に少し混乱しているラライナがいた。

……なんというか、どうにかして自分で処理しようとするタイプか。

王様はそれを知っていて、親父さんに会ってこいと言ったのだろう。

「はいはい、そんなことは後で模擬戦でもして確かめればいいでしょう？」

「そ、そうだな。今はそれどころではない。だが、終わった後に確かめてみよう」

なんというか、騎士としてのアイデンティティーが揺らいでるみたいね。

……私たち相手だと、そんなプライドは木っ端微塵にしかならないのだけど。

ユキさんにいたっては、プライドは捨てて肥料にした方が腹も膨れていいとか言いそうだけど。

「おーい。2人とも、そろそろ中に入って温まったらどうだ？」

「はい。そうさせていただきます」

そう言って、ラライナはすぐに炬燵の部屋に戻る。

それと入れ替わりにユキさんがこちらに来る。

ラライナって、ユキさん相手には傭兵団の団長として敬意を払っているのよね。

真面目というか、柔軟性を持って欲しいというか……。

「ラライナ殿はどうしたんだ？　変にこちらを気にしていたみたいだけど？」

「ああ、ただ単に、ラライナが一番弱いですよって言ってあげただけですよ」

「そういうことか。本人は目利きがあるつもりだからな。俺たちのことは線が細いって言ってたし、今回の使者の件も俺たちにほぼ任せきりで、色々首を傾げているんだろうよ」

「なるほど」

「俺としても、ラライナ本人はいたって真面目で有能だと思うぞ」

「私もそう思います。だけど……彼女が今回一番蚊帳《かや》の外ですよね？」

「……本人に間違っても言うなよ」

「言いませんよ。信じてもらえないですし」

信じたりしたら、あの性格からして、魔剣を置いて引退するとか、処罰を求めそうでめんどくさい。

「と、そうだ。さっき連絡が来た。アグウストの方は、今から突入するそうだと」

「そうですか。情報通りなら問題ないと思いますけど……」

「大丈夫。やばかったら逃げろって言ってるしな。ランサー魔術学府の方は、すでにポープリたちが身内だし、ほぼ好き勝手できるおかげで、潜伏している奴らはすでに捕縛は完了だと」

「トーリたちもいますからねー」

「ジルバの方も発見しているが、こっちが動けていない」

「なぜですか？」

「表向き残っているのが、ザーギスとスティーブだけで、街の警備にとやかくとか、変に王様に注意も促《うなが》せない。一応、ジルバ内では調べ物ばっかりで外に出ていないからな」

「ああ、そこら辺で内通を疑われると」

「そういうこと。ジルバの一件で俺たちは力を誇示して立場を得たけど、そのせいで俺たちを嫌っている人物もそれなりにいる。下手にこの件に真っ向から関わると面倒なことになる」

「それで、ジルバの方はどうするんですか？」

「ジルバ殴り込みの時にいなかったミリーたちに行ってもらおうと思う。ベータンのときは活躍したけど、ジルバの方に情報は伝わっていないしな。ミリーやデリーユには申し訳ないけど、ジルバの方も頼みたい。部下のデュラハンアサシンのサポートはついているから」

「一応指揮官がいるってことですね？」

「そういうことだ。頼めるか？」

「もちろん構いませんよ」

そう言って私はユキさんの腕に絡みつく。

「あ、ごめん。思ったよりも冷たくなっているな」

「え、わひゃ⁉」

抱き着いた私から冷気を感じ取ったのか、私の絡みつき攻撃を解いて、後ろに回って抱きすくめてきました。

……ああ、あったかくて、ユキさんのいい匂い。

「はぁ、のんびり新婚旅行ってわけにもいかなくなったな」

「ですね。でも、こうやって気遣ってくれますから、私としては満足ですよ。あなた」

空の風景を、夫に包まれながら見る。

ああ、なんて幸せなんでしょう。

「あー、ミリーさん、ずるい‼」

「リーア落ち着いて、私たちは……護衛として、傍にいないといけません」

「ん。ユキは妻たち全員のもの。ユキも私たち全員に平等にハグしないといけない。だからハグを要求する」

「クリーナさんの言う通りですわ。ユキ様、次はぜひ私に‼」

「……ミリーもだけど、貴女たち、この寒空の中でよくそんなに元気ね。ユキさんも風邪をひきますから、一緒に炬燵に入りましょう？」

あ、エリスって寒がりだっけ？

そんなことを考えていると、皆が集まってきてもみくちゃにされる。

でも、嫌な気分じゃない。

いつものじゃれ合い。

うーん、幸せ。

さぁ、とりあえず、私たちの新婚旅行を台無しにしてくれた連中は、ぼっこぼこにしてあげるわ。

「リーア殿、皆も、一緒にトランプしましょう‼　ヒフィーでの負けを取り返します‼」

そんなことを、炬燵に入ったラライナが言っている。

「「「……」」」

全員でその言葉に顔を見合わせる。

また負けたいのかと？

「今度は負けません‼　皆でやればいいのです‼」

リーアとの一騎打ちを避ける戦法か。

「さて、皆、どうせまだ時間はあるんだ。ラライナ殿が負けを取り返したいって言ってるから、付き合ってやろう」

「「「はい」」」

さ、今のうちに家族団欒《だんらん》を楽しみますかねー。

ラライナには犠牲になってもらいましょう。

教えてあげるわ。山札を全部配る系のゲームは、ひそかな連携が可能だということを‼

「……俺、なんか仲間はずれだよな。アイリ……寒いよ。炬燵の中なのに寒いよ」

……タイキさん、ドンマイ‼

第329掘：突入作戦と成果

side：デリーユ

妾《わらわ》は今、目の前の報告書や資料とにらめっこをしていた。

夫、ユキから、別の組織からの魔剣開発の可能性ありの報を聞いて、即座に、潰しにかかるための準備を開始したのじゃが……。

「デリーユ様。何か問題でも？」

「いや。ユキの判断は妥当じゃ。じゃが、もう少し何かないかと思ってな」

「もう少しですか？」

「うむ。ユキの今回の潰し作戦は、あくまでも被害拡大を防ぐためじゃ。裏にいる、魔剣を開発している組織を洗い出すのではなく、燻《いぶ》り出す類《たぐい》じゃ」

「そう、ですね。たしかに拠点を潰すのは力技ですから、どちらかというと燻り出しですね」

「まあ、それしか行動の取りようがないのじゃがな。どこの国が魔剣を所持しているかはマークを付けただけで、本格的な裏の調査をしていない。いや、調査途中でヒフィー神聖国が上がったから、それだけと決めつけておったからな。そこで調査が止まっておるのじゃ」

「なるほど。で、もう少しとは？」

「そうじゃな。できればその魔剣を別件で供給している組織の下っ端でもいいから、確保したいのじゃが、ミノちゃんの一件ですでに警戒態勢になっている可能性もあるんじゃよな……。やっぱり突入して、手柄はアグウストに譲った方がいいかのう?」

「うーん。正直、私には判断しかねます。しかし、私としては、主様からの指示優先ですね」

「うむ。霧華の立場ではその判断が正しい。じゃが、ユキの妻たる妾たちは、それではいかんのじゃ」

そう、いつまでもユキにおんぶに抱っこではいかんのだ。

たしかにユキは凄《すさ》まじく仕事ができる。

しかし、体は1つしかない。

今のところは、仕事が集中しないように、のらりくらりの性格で、なんとか減らしておるが、いざとなればあの夫が自分一人でしょい込むのは、目に見えておるし、妻たち全員が理解している。

セラリアや妾たちの出産、出産後の心配のしようを見て確信したわ。

あの、優しい夫は忙しければ忙しいほど、きつければきついほど、笑顔を絶やさぬのじゃ。

まったく厄介な。

妾は、あの時のように、何もできない存在ではない。

ユキの下で学び、今まで以上に色々な意味で強くなった。

二度と、現状にうぬぼれ、他人任せにして、幸せを失うことなどあってはならぬ。

ユーユやサクラたちには、幸せな世を生きて欲しい。

妾のように父や母、兄弟姉妹と死に別れるようなことは絶対にさせたくはない。

……絶対に、愛しい夫を失いたくない。

「デリーユ様。お気持ちは分かりますが、主様はじきに戻ってきます。その時に迷って行動をしていないというのはまずいかと……」

「じゃな。時間は限られておる……よし、拠点襲撃は予定通り深夜じゃ。出入りは今まで通りに監視。襲撃後も監視を続行、変にコンタクトや伺う相手がいればマークをつけておくように」

「了解しました」

はぁ、そんな簡単に名案が思い付くわけもないか。

とりあえずはユキの手堅い作戦通りに深夜に襲撃をかけて何かの証拠があれば確保じゃな。

運よく、取引相手がいればいいが……。

そんなに都合よくはならないじゃろうな。

まったく、夫に迷惑ばかりかけおってからに‼

……魔王の妾も言えたことではないか？

ま、そこはいいではないか。

今では良き妻じゃから、水に流しておこう。

「じゃが……」

ユキやタイキ、タイゾウといった異世界の力によらず、コメットというダンジョンマスターの力にもよらず、ヒフィーという神の力にもよらず、どうやって、魔剣を製造するというところまで行きつきおった？

いや、妾の大陸では普通にナールジアが作れるが、この新大陸では異常じゃ。

いったい、どれほどの組織が裏におる？

今までの経験から、なんとなくではあるが、生半可ではない大きさの組織がいるような気がしてならん。

こちらの情報はなるべくばれないように、アグウストの仕業と思わせる必要があるな。

「念には念をいれるか……霧華」

「はい。こちらに」

「妾たちの突入服はアグウストの専門部隊のどこかの服を手に入れられんか？」

「それはどういう？」

「ミスリードを誘ってみようと思う。妾たちの姿を隠す目的もあるが、専門部隊の服を着ていけば、万が一妾たちの襲撃を見ている関係者がいても、そちらに探りを入れてくるじゃろう。

正直、アグウストに来てから一週間そこらじゃ、それだけの監視で、魔剣を持つならず者全員の確認が取れたとなんぞ思えんからのう」

「良い手に思えます。しかし、アグウストの専門部隊となると……正直把握しておりません。さすがに、イニス姫様の近衛を囮にするのは問題があるように思えますし」

「そうじゃなー。そうじゃ、クリーナに連絡を取って、何かいい部隊がないか聞いてみようかのう」

　クリーナがアグウスト出身で助かったわ。

　うむ。やはり、こういうハーレムはあると楽じゃのう。

　よそとの繋がりが身内な分、楽じゃ。

「というわけじゃ。何かいい部隊はしらんかのう?」

『ん。内容は理解した。その提案自体はいいと思う。ユキの負担軽減にもつながる。そこで、私からもその案に、さらなる提案がある』

「なんじゃ?」

『イニス姫様に話を通しておいた方がいいと思う。そうすれば、向こうも全面的に協力してくれるはず』

「そうか?　そっちの部隊の名前だけ貸して欲しいという内容じゃぞ?」

『ん。それも含めて。私たちが外から見ることも大事、だけど中にいる人からの報告もあればよりいいはず。私たちが名前を借りて動くと言っておけば、そっちの部隊はフリー。つまり、周りの警戒をできる。探りを入れてくる相手を捕縛するのに有効』

「なるほどのう……分かった。イニス姫に話を通してみよう。連絡の関連は渡した魔術通信玉で聞いたということにしておく」

『わかった。そっちの方向で話を合わせるようにユキに言っておく』

「頼む」

「話はまとまりましたか？」

「うむ。やはり1人で考えてもいかんな。持つべきものは妻仲間じゃ。ということで、イニス姫に面会して、事情を話して、都合がいい部隊の名前と部隊服を貸してもらうとする。突入のメンバーの選出を頼んだ」

「分かりました。お気をつけて」

ふぅむ。

……なんか、妾、結構働いてない？

今まで、妊娠出産、子育てであまり新大陸でパッとした活躍をしてないからか？

後で、ユキに褒《ほ》めてもらおう。

「こちらからも、ラライナ、ユキ殿から確認は取れた。デリーユ殿の言うことはもっともだ。むしろ、そうやって陽動や実働をやってくれると、今の状態では非常にありがたい。しかし、クリーナの件といい、この前の非礼といい、なぜ私たちにここまで協力的なのだ？　言っては何だが、どう考えても私たちアグウストの印象は良いように見えない。身内の私から見てもだ……」

ふむー。

こうやって面と向かって話すのは妾は初めてじゃが、しっかりしておるではないか。

妾が王女をやっておったときより数倍ましじゃ。

と、いかんな。返事をしなくては。

「簡単じゃよ。すでに学府やエナーリアで名が通っておるからな。妾たちが通った箇所が潰れていると思われるとなると、狙われるのは……」

「そういうことか。たしかに、妨害しているように見えるな。となると、ユキ殿の傭兵団が狙われる可能性が高いか。だから、一度ここで、注目を逸らしてみて、自分たちのことが知られているのか、いないのか確認するわけか」

頭の回転も悪くない。

横にファイゲル老もおるし、問題があれば修正するという体制じゃな。

自分一人で考えることの脆弱さも理解しておるか。

「さて、ファイゲル。デリーユ殿たちに名と服を貸し与えるのに都合のいい部隊はどれかあるか？」

「ふーむ。さすがに、犯罪者の集団の取り締まりに、姫の近衛を動かすのは些か違いますな。

取り締まりというより、軍ですからな……。治安の関連の方で、それなりに名が通っている、ですか……魔術の不正使用の取り締まりの部署がありましたな」

「ああ、あれがあったな。それなら、魔剣を貯蔵しているとされるところに行っても不思議ではないし、それなりに名も通っているか。ならそこの制服で決まりだな」

「説明の方はどういたしますか？　さすがにデリーユ殿たち、傭兵団に場を譲るとなると面子《めんつ》が潰れますぞ？　忙しくて手いっぱいであったとしてもです」

「そうだな……ならデリーユ殿たちは私の願いで探りを入れているということにしておこう。私の独断だ。結果、魔剣が出てきたら、その後の制圧を委譲する形でどうだ？」

「それなら問題はなさそうですな。あとは、デリーユ殿たちが突入している時に、逃げた輩を押さえる方法は……」

「場所は把握しているし、その時に私の近衛を周りに配置しておけばいい。私服でも着せてな」

「それで問題ないかと」

いいコンビではないか。

特に妾も今の話に問題があるとは思えぬ。

「まあ、大丈夫だと思うが。デリーユ殿、危険になっても私たちは表向きに手は出せんぞ？」

「分かっておる。この作戦は妾たちの認識をたしかめるのも含めておるから、姫様の方から兵が来ては無意味じゃ。なに、危なかったら逃げてくる」

「そうか。無茶をしないのならいい。デリーユ殿たちに何かあればクリーナやユキ殿が怒りそうだ」

うむ。

怒るな。

しかも、ユキが怒ればどれだけの被害が出るか分からん。

無暗に破壊などと分かりやすい被害は出ないだろうが、気が付けば全部なくなっているようなことは起こりそうじゃ。

あれはそういった方向性がまったく違うのじゃ。

妾としては頼もしい限りじゃが。

さて、協力してくれる方向は決まったし、あとはさっさと制服をいただいて、夜に決行するだけじゃな。

……ユーユのことはキルエに頼むか。

本当に、妾たちの邪魔ばかりしおるな、世界の問題というのは……。

深夜、そろそろ決行の時間が迫っていた。

「さて、霧華。様子はどうじゃ？」

「相手に特に変な動きはありません」

「じゃ、予定通りでいいな？」

「はい」

妾もコール機能のＭＡＰで確認する限り、特に妙な動きは見えない。

……外部の接触もないか。

「しかし、なぜ、姫様がここにおる？」

「私がＧＯサインを出したようなものだからな。責任者がいないのはまずいだろう」

「その服。よく持っておったな」

なぜか一緒についてきたイニス姫は、一般人が着る粗雑な服をまとっていて、髪は荒く束ねて、これまた安っぽい紐で結んでいるだけだ。

「ふふ、私もよく街にはこうやって出ておるのだ。こういう姿でないと聞けない情報もあるからな」

「それは、ファイゲル老や周りの者にとって非常に胃が痛い話じゃな」

「固いことは言いっこなしだ。で、どうやって攻めるのだ？」

「いえ、攻めませんよ」

「そうじゃな。これを使う」

そういって、小さい袋を見せる。

「なんだこれは？」

「睡眠薬です。液状の睡眠を促す液体が小瓶に入っています。これを、窓から部屋にこっそり流し込めば……」

「中の連中はぐっすりというわけか」

「そういうことじゃ。起きている連中がいればそれは気絶させるがな」

「素晴らしい作戦だな。しかしその睡眠薬、そんな効力の高いものなど聞いたことないぞ？　眠れぬ人に処する薬草ぐらいは知っているが、起きている人を眠らせるほどの薬品か……」

「さすがに、これは教えられんぞ？」

「分かっている。ただ、これでさらにユキ殿の傭兵団と事を構えるのは得策ではないな。気が付けば全員やられていそうだ」

その判断は間違っていないな。

ちゃんと保つべき距離は分かっておる。

本当に利口なことじゃな。

まあ、こちらの能力把握や、重要物品の持ち出しを警戒してのことだろうが、悟らせるようなことはせぬよ。

「二か所の窓、二か所の扉から流し込んできました。これで、10分もすれば十分に効きます」

「よし、なら10分待って突入じゃな。重要な物を調べて確保、それで、残りはこの制服を貸してくれた部隊に譲る」

「そうしてくれると助かる。そういえば眠っている時間はどれほどだ？」

「多少個人差はありますが、1、2時間で起きるようなものではないです」

「そうか、ならば私たちが見て回った後、すぐに来てもらっても十分間に合いそうだな」

「ああ、そういうことか。大丈夫だと思うぞ。まあ、薬品のことは黙っていてもらいたいが」

「当然だ。適当に私たちが気絶させたと知らせるさ」

と、そんな雑談をしつつ、10分を待つ。

ステルスモードでコール画面を開いて確認する。

ユキの指定保護に含まれていない人は見ることはできないが、一点方向を見つめるので、察しのいい奴は魔術的、スキル的技能を使っていると予測がつくから、基本的にこのような使い方はしない。

……どうやら、マーカーを見る限り、全員が停止しておるな。表記もステータス異常を示す紫に変わっておる。

まあ、これで油断をするつもりはないが、こうやって敵の情報を丸裸にできるダンジョンマスターのスキルは凄いのう。

というか、ユキ以外の輩が、どれだけアホだったかということじゃな。

……妾の弟も含めてじゃが……。

「さて、そろそろ時間です」

「よし、ならば行くかのう。姫様も遅れるなよ」

「分かっている。足手まといにはならん」

そう言ったあと、頷き合って、すぐにその倉庫に入り込む。

こっちも薬品にやられないために、マスクをつけているから、制服の帽子も相まってほとんど素顔を隠せている。

無論、姫様にもマスクを渡している。

中に入って即座に、近場に倒れこんでいる相手の様子を窺う。

「こっちはしっかり寝ておるな。そっちは？」

「こちらもちゃんと寝ています」

「同じく効いている」

「どうする？　縛《しば》っておくか？」

「うーん。手早く柱にまとめて縛っておくか」

「分かりました。私が引き受けます。デリーユ様、イニス姫様は奥に行って調査を」

「分かった」

「頼んだぞ。霧華殿」

そうして、2人で奥の部屋へと入っていく。

幸い、この倉庫の構造は単純で、今入ったでかい倉庫と、管理用であろう小さい部屋、そして何かの貯蔵用の地下だけとなっている。

まずは、管理している資料がありそうな小さい部屋に行く。

中では同じように人が３人ほど眠りこけている。

「本当によく効く薬だな」

「まあのう」

実のところ、風の魔術で中にしっかりいきわたるようにしていたのじゃ。

そよ風程度だから気が付かんかったのだろうが。

こういう、魔術と科学の小細工は得意よのう、あの夫は。

こちらも、パパッと縛って、分かりやすそうな場所に置いてある資料をとってみるが、特に目ぼしいことは書いてない。

「……本当にここに魔剣が貯蔵されているのか？」

「本命は地下じゃ。しかし、なんというか本当にチンピラじゃな」

「ああ、いくら何でもって感じがする」

ここまでの相手は、魔剣を持って戦ってようやく正規兵、みたいな連中ばかりだ。

なんでこんな連中に？

まあいい。次は地下だ。

わざわざご丁寧に、入り組んだ木材の奥にあるから、多少は期待していいだろう。

そして地下に入ると、そこにはチンピラとは違う立派な服装を着込んだ男が倒れていた。

「こいつは」

「知っておる顔か？」

「アグウスト国内で手配中の盗賊で、ハイドという。毎度使う魔術が違うから手を焼いて、やたらと逃げられる。どうしてかと思っていたが、ここで魔剣を受け取っていたせいか」

ほう。

なるほどな。

それなりの手練れもいたということか。

とりあえず、まずは魔剣を見つけた方が早いか。

そのハイドをさっさと縛り上げて、積み上げてある木箱の一つを降ろして中を見れば……。

「本当にあったな」

「なんじゃ、信じておらんかったのか？」

「いや、そっちの意味ではない。魔剣が本当に大量にあるのは信じがたくてな」

「ああ、なるほどな。と、迂闊に触るなよ。変な術で操られるみたいな報告は聞いたじゃろう？」

「分かっている。すぐに予定通り、魔術取り締まり部隊を呼ぶ、私の近衛もだ。ここまで物的証拠があれば、動かして問題あるまい。行ってくる」

そういって、姫様はすぐに地下から飛び出す。

妾は残って調べ物をしてみるかのう。

このハイドとかいう盗賊、盗賊という割には身なりが綺麗な気がする。

……使い込んだ武器や防具ではあるが、手入れを欠かしておらぬな。

「ん？　これは手紙か？」

それを開いて目を通す。

『より高精度な魔剣を貴公に授ける。これからも我が手足となり職務に励め。盗賊ハイドへ、偉大なる覇王ノーブル・ド・エクスより』

これはこれは。残りの2か国のうち、人国は1つ。

まあ、分かりやすい、エクス王国か。

さて、これを信じるかどうか？　ブラフか？

規模的には国がバックにいても不思議ではないが……。

いかんな、今、妾が答えを出すのには足らんし、早計だな。

とりあえず、一定の成果ありじゃな。

第330掘：お仕事お仕事

side：スティーブ

「どうですかな、スティーブ殿？　破格の待遇を約束しますぞ？」

「いえいえ、自分はゴブリンっすから、よそとの軋轢《あつれき》がありますし遠慮しますっす」

「そのお考えの広さも素晴らしい‼　そんな軋轢など私どもがなんとかいたします‼　どうか、我が国に仕えてはいただけないか？」

目の前でぐいぐいと迫る、髭《ひげ》の親父。

いや、ジルバ帝国の大臣なんっすけどね。

こんなむさくるしい相手に迫られてもまったく嬉しくないいっす。

「申し訳ないっすが、今はまだ考えられないいっす」

「……そうですか。ですが、諦めませぬぞ。では失礼いたします」

そう言って、その髭もじゃ大臣は俺に宛てがわれた、執務室から出ていく。

……はぁ、最近多くなったっすね。ジルバの勧誘。

ウィードの仕事に手を付けられないから、めんどくせー、邪魔。

やっと出ていったことに安堵して、ウィードの書類を出していると、扉が開かれる。

くそ、またっすか。

ええい、書類に幻惑認識疎外をかけて……。

「先ほど、ジルバの大臣とすれ違いましたけど、また勧誘ですか？」

「あ？　なんだ、ザーギスっすか。それならそうと言ってくださいっす」

魔力が無駄になっちゃったじゃないっすか。

消費量はウィードの20倍、おいらの総魔力からすれば特に一日中使っても問題ないっすけど、魔力を消費しすぎると怠くなるので、極力無駄使いは避けたいっす。

そんなおいらの怠そうな姿を見て、答えを聞くまでもなく察したザーギスが口を開く。

「どうやら聞くまでもないようですね。まさか、ゴブリン相手にここまでしつこいとはね」

「まったくっす。ザーギスの方はもう勧誘はないっすよね？」

「ええ。私の方は研究費を提示したら、それからまったく音沙汰がありませんからね」

「いったい、いくら提示したっすか？」

「それはもちろん、ウィードでしている研究を継続的にできる資金と物資ですね」

「そりゃ、無理っしょ」

「無理ですね」

「……鬼か」

「鬼とは失礼な。向こうはユキより好待遇で迎えると言ったのですから、これは当然でしょう。

というか、最初は将軍職で勧誘ですよ？　馬鹿にしていますね」

「そりゃ、ザーギスが実験と称して、魔術部隊の人数を倍増させたからっしょ？」

「あれは今思えばやりすぎましたね。おかげで、目をつけられて面倒でした。というかそっちの勧誘原因も私とあまり変わらないでしょう？」

「……」

そう、ザーギスの言う通り、おいらもちょっと、ジルバではっちゃけすぎて、勧誘の嵐になっているのだ。

最初は魔剣使いを圧倒する、腕っぷしが強いだけのゴブリンと認識されていたんすけど、ある日、ジルバの王様から軍事演習に参加してみないかと言われて、堂々とジルバの戦力を確認するいい機会なので、大将に太鼓判を貰って参加したっす。

それがいけなかったっす。

おいらが軍事演習に参加した側なんですが、おもくそ新人や、当時おいらたちが殴り込んだ時に王城にいた兵士たちばかりだったっす。

相手は、当時城にいなかった人たちばかりで、おいらに難癖《なんくせ》をつけて、ちょくちょくちょっかいを出してきては、決闘でボコった奴らばかり。

あんの狸親父、わざとこの軍事演習においらを巻き込んで、不満を解消、封殺する気だと察したっす。

魔剣使いのエアさんもおいらに敗北したことが尾を引いて、けっこう面倒くさいことになっていたらしく、おいらと同じ陣営にいたっす。

つまりは、ジルバ王の権勢が傾きかけていたってことで、おいらの強さを知らしめて、判断が間違っていないことを示して、権勢を取り戻したかったみたいっす。

おいらたちとしても、現在の繋がりをパーにするのはよろしくないので、渋々、おいらが陣頭指揮を務めて、おいらが囮で正面から、エアさんに遊撃を任せたっす。

結果、まあ向こう側はおいらをなめていたってこともあり、遊撃のエアさんは無視して、まずおいらを叩いてしまおうという作戦に出たっす。

いや、悪くない作戦と思うっすよ。

相手がおいらでなかったら。

個人的には時間を稼ぐぐらいで、エアさんの遊撃に花を持たせるつもりだったっす。

だけど、相手さん刃引きのしてない真剣振ってきやがったので、新兵たちを守るために、相手方をおいら1人で殲滅《せんめつ》したっす。

「……あれは不可抗力っす」

「ええ。不可抗力でしょうね。でも、あんなことしたのですから、当然の帰結ですね」

と、そんなことがあり、おいらの待遇は急激に改善。

ジルバ王城内になぜか執務室を設けられて、軍事における改善の協力を申し込まれたっす。

……なにが悲しくって、ウィードの魔物軍を統括しながら、よその軍の面倒も見なきゃいけないっすか。

「まあ、それも不幸中の幸いですね。あの話はそっちにも届いていますか？」

ザーギスの言う通り、今回の件はおいらの立場がジルバで上がっておいて助かったっす。

「届いているっすよ。デリーユの姐さんが、アグウストで殴り込みをかけたところで見つけた話っすね？」

「そうです。ちょうど、ジルバとアグウストの間にある最後の1つ、大国、エクス王国」

「こりゃまた大物が出てきたって思いたいっすけど、確定じゃないのが痛いっすね」

「ええ、相手が大きすぎる。下手に動けばこちらが犯人だと言われる可能性もありますね」

「そのおかげで、ジルバの方の襲撃が中止になったっすし、国家権力は怖いっすね」

これで、ミリー姐さんや、デリーユの姐さんの派遣は中止となったっす。

代わりにおいらたちで、地道にってことに……はぁ。

「ということで、慎重に情報を集めることになりました。下手すれば、また大規模な国家間戦争になりかねませんから」

「ヒフィーん所を押さえたってのに面倒っすね。でも、本当にエクス王国が暗躍しているなら、大規模な戦争は不可避じゃないっすか？　やる気満々ってことっしょ？」

「不可避じゃありませんよ。エクス王国が大っぴらに動くにしても、いきなり敵の首都に現れるなんてことはないんですから」

「そりゃ、だから攪乱《かくらん》として魔剣をばらまいていたっすからね」

でもおいらたちの大将なら、敵の首都をいきなり押さえるとか普通にするっすけどね。

ま、あれは例外だからほっとこう。

「ですね。それから考えると、まずは隣接している、ジルバとアグウストは落とすはずです」

「普通はそうっすね」

「しかし、この時点でアグウストの攪乱は不可能となりました。エクス王国の仕業と断定できないにしても、今回の件で国境警備の増員は必ず行うはずです。エクス王国も工作員との連絡が付かないので、アグウストに手を出すことはないでしょう」

「あー、そういうことっすか。この状況なら、ジルバに来るってことっすね？」

「はい。つまり、エクスが大規模な戦を起こすなら、このジルバで起こるということ。しかし、幸い、ジルバで幅を利かせている私たちがいるので……」

「適当に相手の出方を見て、やばいなら、手伝ってやれってことっすか……」

「そういうことですね。相手が動きやすいように、こちらが知っている魔剣を持ったならず者はほっとけとの通達です。それでエクスの仕業と確定できるし、各国から多方面作戦を大手を振って展開できるからと」

「……相変わらずえげつないっすね」

「むしろ当然でしょう。相手の手を悉《ことごと》く潰していくというのもいいですが、それだと相手が方法を変えるたびに、調査の必要があります。なら……」

「上手くいっているように見せて、油断しているところをぱっくり殲滅っすか。リスクは……どっちも一緒というか、わざわざ調べなおさなくていい分、こっちが楽っすね」

「ですね。まあ、これは私たちの情報収集能力が相手を上回っていて、こちらのことが知られていないのが大前提ですが、これをしくじると逆に私たちが痛い目を見ることになります」

「……しかけるのは、おいらたちだから、がんばれってことっすか……」

「そういうことですね。ここまでお膳立てをされて、失敗したのでは、笑われますねきっと」

「どこがお膳立てじゃい‼　最後の面倒こっちに押し付けてんじゃねーっすか‼」

「……はぁ、言わないでくださいよ。ま、ユキたちはこれから、亜人の国へ行って、エクスの名前を騙《かた》っていないか、裏を取るみたいですし、そっちもそっちで大変ですよ」

「そりゃ、分かってるっすけど。亜人の国ねー。そっちでも何もないといいっすけど。さっさと指揮権を大将に委譲したいし」

「無理ですね」

「ですよねー」

結局おいらが頑張るしかないみたいっすね。

まあ、やばいのであれば、大将たちは手伝ってくれるでしょうが、その時どれだけいじられるか分からないから、頑張るっす。

……どういう方向でやる気出しているんだろうね、おいら？

しかし、亜人の国ねー。

下手するとおいら以上に厄介かもしれないっすよ？

だって、聖剣使いの亜人２人を案内役にするって、訳の分からん報告書が来るし、なんでそんな面倒くさいことになっているんすかね？

１人はカヤの姐さんにちょっかい出して、悪夢万歳になった人もいるみたいだし、ギスギス間違いなしっすよ。

リーン、リーン……。

「コール鳴っていますよ？」

「誰っすかね？　もしもし？」

とりあえず、出てみる。

最近コール画面で誰からの連絡とか気にしなくなった。

知り合いからしか連絡こねえし、大将のところみたいにいたずら電話が皆無っすから。

『あ、スティーブ、今日は何時に帰ってくるの？　今日はね、学校で美味しい給食が出てきたから、それを真似てみたの。早く帰ってきてくれると嬉しいなー』

『がおー』

「……えーと。なるべく早く帰るっすよ」

『早くって何時？』

「……定時に戻るっす」

『うん、２人で待ってるね』

『がおー』

プツン。

「……」

ザーギスの視線が痛いっす。

「先ほどの相手は、アルフィンさんでしょうか？」

「……」

「……そうっすよ」

「まあ、よかったじゃないですか。念願の彼女みたいなもんでしょ？」

「……それとは雲泥の差があるっすよ。家に帰っても気を遣わないといけないし、おいら、そろそろ心労で倒れそうっす」

「我慢するからでしょう？」

「我慢しないと、おいらが性別メスになるっす。というか、あんな方向違いの好意向けられて、襲うとかどっかの最低野郎じゃないっすか」

「……世の中難しいものですね」

「そうっすね」

「やっぱり、私は研究一筋でいいです」

「……結婚一度している奴は、いいっすよね」

「変に憧れもありませんからね。冷めてます」

「おいらだって、憧れていいじゃない!! 可愛い嫁さんとか、願っちゃダメですか、神様!!」

『いいんじゃない？ 面白そうだし』

「あ、ルナ姐さんは却下で」

『はぁ!?』

「だって、ルナ姐さん、結婚してないっすよね？」

『ぐっ、ゴ、ゴブリン相手に言い返せない……』

もう無駄に返事しなくていいと思うっすよ。

さ、仕事して戻らないと、アルフィンが泣くっす。

……家族サービスに給料ってなんでないんすかね？

side：ユキ

俺はポープリからある話を聞いていたが、なんか馬鹿と馬鹿が変な話をしていたような気がして、虚空を見つめていた。

大丈夫、お前ら、団栗《どんぐり》の背比べ、五十歩百歩だから。

『どうかしたのかい？』

「いや、なんでもない。で、ポープリ、なんで亜人の聖剣使い2人を連れていった方がいいって言うんだ？」

次の目標は亜人の国ということになったのだが、問題が1つ。ポープリが聖剣使いの亜人2人を道案内にしろというのだ。

『簡単だよ。カーヤの種族、白狐族は長命、もう1人のクロウディアはエルフ、こっちは言わずもがな』

「……血縁者が今も生きているってことか？」

『そうだよ。カーヤの妹は亜人の国で宰相を務めている、クロウディアの兄に至っては、現国王だ』

そりゃ、道案内どころか、一気に話を進められるな。

……あの2人が落ち着いていればだが。

『ま、分かると思うけど。コメット師の精神制御が効きすぎたせいで、喧嘩《けんか》別れをしているから、最終的な判断は任せるよ』

……そう言うオチか。

コメットもヒフィーも仲間になってなお、足を引っ張るな……。

もう一回、ルナに司会進行任せて、あのゲームをやるか？


「ぶぇっくし‼」

「大丈夫ですか？　コメット」

「ああ、大丈夫だよ。ありがとうナールジア。きっとヒフィーあたりが、ちゃんと仕事してるか心配してるんだろうさ」


「くちゅん」

「風邪ですかな？　ヒフィー殿」

「いえ、そう言うわけではないのですが。おそらくは、コメットが私への文句でも言っているのでしょう」

「なるほど。こっちでも噂をされるとくしゃみをするという話があるのですな」

「あー、スティーブと同格なんて腹が立つわね。もう一回、ヒフィーとコメットで遊んで気晴らししようかしら？」

第331掘：彼女だからこそ

side：リエル

「えーっと、その……話を聞いてくれると嬉しいかなーって」

僕は恐る恐る、目の前の2人に声をかける。

「……」

「……ふんっ」

ダメだこりゃ。

でもなー、なんとか頑張って連れて行った方が、絶対にユキさんの役に立つんだよ。

というか、ユキさんに頼まれてきたし説得できなきゃ僕が仕事できないみたいでいやだ。

そういえば、精神制御による思考の単調化？　っていう奴は解除されたんだよね？

なのに、なんでこんなに、ぷりぷりしてるのかな？

スィーアとかキシュア、そしてアルフィンとは普通に話せているのにさ。

「リエル、そんな甘いやり方ではだめです」

「……無駄」

そんな声が聞こえて振り返ると、エリスとカヤ、トーリが面談室に来ていた。

「2人の方がいいかなと思って連れてきたよ。リエル」

「トーリ、助かったよ。この2人、全然反応してくれなくてさ……」

持つべきものは友人だね。

いや、今は家族かな？

「で、あれ？　なにかプルプル震えてない？」

振り返って、カーヤとクロウディアを見ると小刻みに震えていた。

「大丈夫です。私たちと再会できて嬉しいのでしょう」

「……そう」

「そうなのかな？」

なんか2人とも怯《おび》えている感じがするんだけど。

うーん。でも同じ種族の2人が言うから間違いないかな？

「……」

「……」

2人は顔を伏せて小刻みに震えているだけで、さっきより静かになっちゃった。

なんでだろう？

これじゃ、お仕事進まないよ。

……どうしたもんかな？

「リエル、トーリ。ちょっと席を外してください」

「……2人とも恥ずかしがっている。私たちだけにして欲しい」

「ああ、そういうことか。トーリ、行こう」

「う、うん。……絶対違うよね」

「なにか言った？」

「ううん。行こう」

そうやって、僕たちは2人に任せて出ようとしたんだけど……。

「ま、まってください‼」

「そ、そうよ。待ちなさい‼　そこの猫人族‼」

「へ？」

なぜかいきなり呼び止められて、2人とも必死な顔になっている。

「もうちょっと言い方というものがあると思うのですが？　まず、リエルを無視しましたよね？」

「……猫人族なんて無礼な言い方は聞いたことがない。同じ狐人族として悲しい。リエルの友達としても、これはお仕置きが必要」

「え？　いや、僕はそこまで気にして……」

そう言おうと思ったんだけど、2人がいきなり土下座して。

「リエル様、このたびは呼びかけに応じず大変申し訳ございませんでした。ちょっと具合のほどが悪く、反応ができなかったしだいです。どうかお許し下さい‼」

「リエル、無礼な態度を取って申し訳ない。多少、牢屋暮らしが長くて、気が立っていた。ゆるせ」

「あ、うんいい……」

「ゆるせ？　カーヤはおバカさん？」

「許してください‼　本当にすいませんでした‼」

うん。

さすがに、エリスとカヤ∨∨∨∨クロウディアとカーヤって図式が分かった。

同じ種族だから、エリスの方針で2人が先に関わっていて、何かあったんだろう。

あの静かなる怒りバージョンから推察するに、怒らせたんだろうけど。

「まあまあ、2人ともそこら辺でいいから。ちゃんとこれからは話してくれるよね？」

僕がそう聞くと2人は顔を凄い勢いで上下させる。

……いったいどんなお仕置きされたんだか。

「で、さっきも言ったけど。ちょっと亜人たちの国、えーと、名前なんだっけ？」

「……ホワイトフォレストです」

「そうそうそれ。そこに行くんだけど、協力してもらえないかなーって思って」

「……リエル。私たちの立場を知ってのこと？」

「うん。実は知ってる。クロウディアはお兄さんがホワイトフォレストの王様で、カーヤの妹が宰相なんだよね？」

「……いまさら、兄上に合わせる顔なんてありません」

「……私もよ。妹に国を押しつけて、国を飛び出して、世界に迷惑かけまくった。あそこに私たちの戻る場所はないの」

「でも、それは……」

「聞いたし、コメット様にもお会いしたわ。リッチになっているなんて思いもしなかったけど」

「ええ。それは驚いたけど、コメットさんは前のままだった。私たちが聖剣の力に流されたとはいえ斬り捨てたのに、あんな笑顔で話してくれるとは思わなかった。嬉しかったし、申し訳なかった。間違っていたとは思わないけど、もっとやりようがあったと思うのも事実」

「……申し訳ないのですが、そう言った理由で、私たちはいまさら祖国へ戻るなどということはできません。ほかの皆を差し置いて、元に戻れたとしても……」

「……私たちは聖剣使いの皆といる。そう決めた。自業自得で世界にそっぽむかれて、それでも一緒だった皆を置いてはいけない」

そう言って2人は口を閉ざす。

「「……」」

ありゃ、なんかエリスたちもここに関しては、特に何かを言うつもりはないのか、静かに彼女たちを見ている。

でもさ、僕は違うよ。

間違ってると思うんだ。

ユキさんがいつも言ってるじゃん。

「どっちかを選ぶ理由なんてないよ？」

「え？」

「どういうことじゃ？」

「だから、仲間とか家族とか、どっちかなんて選ばなくていいんだ。ちゃんと家族に会って、皆も置いていかなければいい。まあ、環境的にどっちかに居を構えることになるんだろうけど、そんなことで壊れる友情や、家族なら願い下げだね、僕は。いや、どっちも取ってみせるよ」

そう、どっちも掴み取ればいい。

「合わせる顔がないっていうのは、君たちにも色々あったんだろうから、何とも言えない。だけどさ。それでお別れって悲しくない？　お互いまだ生きてるんだから。それとも、またケンカするのが怖い？　非難されるのがいや？」

僕がそう聞くと、迷いを見せた目で、カーヤが恐る恐る口を開く。

「……私は怖い。妹に罵声を浴びせられると思うと、足がすくむ」

「カーヤ……私も、亜人を守る王族の務めを放棄した負い目があり、兄と会うのは恐ろしく思っています」

クロウディアも後に続くように、不安を口にする。

「うん。その気持ちは分かる気がする。僕も村を追い出された身だからね。いつか戻ろうかと思っているけど、今でも少し怖い」

「リエル……」

「でもね。僕には皆がいたんだ。ユキさんっていういい旦那さんはいるし、その村から一緒に出てきたトーリもいる。大勢の仲間がいるんだ。そして、村にはお母さんが眠っている。いつか絶対、どんな罵声を浴びせられようが、お母さんを迎えに行くんだ」

「「……」」

「僕のお母さんは残念ながらもういないけど、君たちはまだ会えるんだから、どんな罵声が待っていようとも、行くべきだと思うんだ。自分たちのために、家族に会わないなんて言っても仲間は嬉しくないし、それを理由に家族に会わないなんていうのは、仲間を盾にした逃げだからね？」

「「うっ……」」

2人とも、そこら辺は理解していたのか、気まずそうな顔をする。

でも、行くという返事は返ってこない。

そうだよね。怖いもんね。

「大丈夫。僕たちも一緒に行くから。2人をいじめるなら、僕たちがボコボコにしてあげるから‼」

「まあ、理不尽な暴力やいじめは見逃せませんからね。保護者として助けます」

「……カーヤも仕方ないから守ってあげる」

「エリスさま……」

「カヤ、仕方ないってどういうことよ⁉」

クロウディアはそう言って瞳《ひとみ》を潤ませて、カーヤはカヤに食ってかかっている。

「うん。その様子なら大丈夫だね。あとは、仲間の皆に話すだけだね。できる？」

「……はい。ちゃんと話してみます」

「……分かっているわよ。ちゃんと話してくる」

そう言って2人は席を立つ。

そして、何も言わずにエリスとカヤが付き添う。

コメットさんが僕たちに協力してくれるおかげで、聖剣につけた精神制御というか、緩和の効果がずいぶん減ってきた。

ほとんど、普通の状態。

僕としては、アルフィンみたいにウィードでのんびりしてもいいんじゃないかと思うんだけど、皆、今まで気持ち1つで人を傷つけた負い目があるからか、自分から外に出ようとはしないで、謹慎みたいになっている。

聖剣使いたちをまとめていたリーダーのディフェス・プロミスさんなんか、処刑を求めていたぐらいだし。

皆の説得でそれはなんとか免れたみたいだけど、こりゃ当分、みんなで外はむりかなー？

せっかく皆揃ったのに、もったいない気はするんだけど、これればかりは本人たちしだいだし。

「リエル、お疲れさま」

「あ、うん。でもトーリが2人を連れてきたおかげだし、僕はあんまり役に立ってないかも」

ありゃ、よくよく考えれば、僕のお仕事2人に押し付けちゃった感じかな？

うむ、ユキさんに任されたのに、良いところ見せられなかったな。

……とりあえず、素直に報告しよう。

2人が頑張ったのを横取りしても意味ないし。

「なんか、がっくりしてるよ？」

「ユキさんに頼まれたお仕事、2人に任せちゃった。ユキさんのことだから、怒りはしないって分かるけど。ユキさんは僕ならできると思って任せてくれたのに……あー、僕って最低」

「そんなことないと思うけどな」

「そう？　だって、ランサーの魔剣持ちの潜伏先では暴れただけだし、トーリに任せっきりだったよ？　自分で言ってなんだけど、僕あんまり仕事してない自信があるよ？」

「まあ、それは、少しはデスクワークも覚えた方がいいとは思うけど。今回の2人のことはきっと、誰が聞いてもリエルのお手柄だと思う」

「そうかな？　ユキさん褒めてくれるかな？」

「きっと褒めてくれるよ」

トーリが言うなら褒めてくれるかも。

よかったー、ユキさんに今日のご飯リクエストしようと思っていたんだよねー。

今日は鮭の塩焼きが食べたいんだよね。もちろんユキさんの手作り。

僕が一番好きな塩梅で整えてくれるから。

と、そう言えば鮭って寒いところで取れるんだっけ？

ホワイトフォレストも6大国の中で一番最北端だっけ？

「ねえ、ホワイトフォレストって寒いんだっけ？」

「え？　うん。たしかそのはずだよ。私たちが行くときはちゃんと防寒具を着ないとね。お耳がとれちゃう」

「いや……僕たち獣人はそうそう凍傷とかならないから。というか、まだ引きずってるんだ」

「当たり前‼　冒険者時代のあの雪山クエストの時、もう凍えて死ぬかと思ったんだよ。お耳はじんじん痛むし。あの時お耳が取れてたら、きっとユキさんにそっぽ向かれたから。寒い所は絶対防寒を完璧にしないとだめだよ‼」

「ユキさんは、僕たちのケモミミだけでお嫁さんにしてくれたわけじゃないと思うけどなー」

「そうかもしれないけど、私やリエルの耳は可愛いって言ってくれるでしょう？　それを間違って斬り落としたとか、失くしたなんて言えない」

「まあ……ね」

あ、やばい。

鮭取り放題かな？　って聞こうとしたのに、地雷踏んだかな？

「あ、そういえばリエルはちゃんと防寒着用意してる？」

「え？　うん。ちゃんと支給されたものがあるよ」

「支給？　それって、軍部の雪原訓練用でしょ？」

「うん。ちゃんと実戦でも使えるタイプだよ」

ウィードの軍隊はダンジョンのおかげで、全天候での訓練ができる。

どの天候でも問題なく対応できるようにって、ユキさんの案。

最近では、他国も訓練で使っているみたい。

まあ、今じゃダンジョンのおかげで国境争いがなくなったから、ウィードに来て訓練しないと腕が鈍るんだよね。

他の国と模擬戦もやってるみたいだし、技術向上を目指しているから、安心できるかな。

ダンジョンを中心とした連合軍はこうやって日々強くなっているんだ。

僕たちのおかげで大量の魔物と戦う訓練もあるしね。

あれはあれで楽しいんだよね。

僕もスティーブたちの魔物軍と勝負して負けてるし、今度は勝つ。

「それって、ケモミミの耳当てないでしょう‼　だめだよ‼」

「へ？」

「へ？　じゃないよ。そんな不十分な防寒でホワイトフォレストへは連れていけないよ」

「えー、耳をこうやって……」

僕はネコミミをペタンと頭につける。

「だめ‼　そんなの駄目‼　もう、リエルってばこういうところは本当に無頓着だね。ほら、ナールジアさんがこういうケモミミ専用の耳当ても作ってくれてるから、取りに行こう？」

「いや、人の耳も耳当てして、ケモミミも耳当てしたら音が聞こえにくいから僕はいいよ」

どうもネコミミに何かをつけるのは、僕はいやなんだよな。

トーリはイヌミミにつけるのはなんともないみたいだけど。

「だーめ‼　ほら行くよ‼」

「ちょ、ちょっとまって、ユキさんにほ、報告を……」

「私がコールでしておくから大丈夫。書類の方も私がやっておくから、命の次に大事なケモミミが最優先だよ」

うわー‼　ここになってデスクワークをトーリに任せっきりなツケがきた⁉

こ、これじゃ、ユキさんにご褒美要求ができないよ⁉

というか、晩御飯に帰れるかな、トーリって服選ぶの時間かかるんだもん‼

これじゃ晩御飯冷めたのを食べることになっちゃうよー⁉


「ただいま……」

「ただいま」

「お、リエルにトーリ、おかえり。いいケモミミの耳当てはあったか？」

「うん……」

「はい。ちゃんとナールジアさんに頼んで最高級のを頼みました」

「そうか。それなら安心だな。と、もう晩御飯だ。今日はリエルが頑張ったって話だから、リエルの好きな鮭だ。塩焼きにしておいた」

「え⁉」

「よかったね。リエル」

やったー‼

やっぱり持つべきは理解ある旦那さんだよね!!
ひゃっほー!!

落とし穴53掘：あけましておめでとうございます

ｓｉｄｅ：ユキ

カチ、コチ……。

そんな音が部屋に響いている。

現在、日時は12月31日。

時刻は只今、23時58分。

つまり年越し直前である。

ウィードではテレビはないため、ラジオでそのカウントダウンが行われている。

だが、今年はそのラジオの主演もエリスやラッツではなく、後人たちに任せて、俺たちは穏やかに、自宅で年越しを迎えようとしている。

しかし、おかしなものだ。

つい、2年前までは年越しは、こんな夜遅くはすでに寝ていて、朝起きて少し祝うぐらいだった風習が、今では夜通し起きて騒ぐことになっている。

俺が伝えた文化ではあるが、ここまで簡単に浸透するとは思わなかった。

まあ、ある種の娯楽になっているのだろう。

騒げる理由だからな。

人はたくましいものだと実感できる。

『只今、23時59分です。皆さんご一緒にカウントダウンをお願いします』

そんな、エリスの後輩の声がラジオから聞こえて、カウントダウンが始まる。

『59』

「58」

「57」

「56」

「55」

ちびっこ4人は、揃って声を出してカウントダウンをしている。

他の嫁さんたちも、時計をじっと見つめている。

……壁掛け時計、秒単位まで合わせといてよかった……。

これでずれてましたとか、酷いよな。

ちなみに、俺と嫁さんの子供たちもすでにおねむの時間ではあるが、母親に抱かれて、この新年を一緒に迎えようとしている。

……今年一年色々あったよな。

いや、色々ありすぎたよな。

なんか、遠い目になってしまうわ。

『30』

「29」

「28」

「27」

「26」

気が付けば30秒を切っていた。

もう、今年も終わりか。

……若い頃の年明けは色々あったよな。

若い頃はじっとできなかったからな。

こうやって、家でのんびりと年越しするのも悪くない。

『10』

「「「9」」」

「「「8」」」

「「「7」」」

「「「6」」」

10秒を切ったころから、嫁さんたち全員の声が重なる。

「「「5」」」

「「「4」」」

「「「3」」」

「「「2」」」

「「「1」」」

『0』

　時計の針がすべて頂点へと集まる。

『只今、0時。ウィードにいる皆さま。新年、あけましておめでとうございます‼』

「「「あけましておめでとうございます‼」」」

　そして、たった今、ウィードの歴史がまた一年刻まれたわけだ。

　だが、俺を筆頭に、キルエやサーサリなどは、これからが本番である。

　適度に嫁さんたちと新年の挨拶を済ませた後は、仕込んである調理場へ向かう。

　調理場に置いてあるのは、色々な材料。

　それは、おせちの材料だったり、だし巻き卵を冷ましていたりするのだが、今のメインはそれではなく、火をかけている鍋である。

「さて、キルエはねぎを切ってくれ。サーサリは器の用意な」

「「かしこまりました」」

2人は返事をして即座に仕事に取り掛かる。

ねぎはもちろん薬味のため。これから作る料理に欠かせないものである。

切りたての方がいいというわけだ。

器は、この料理に欠かせないもの。どんぶり。

そして、俺は用意していた麺を茹でる。

ここまで言えば、日本の皆さんなら分かるだろう。

年越しそばである。

本来、年越しする直前に食べ始めるものなのだが、大家族な上に、ラジオのカウントダウンをやると言っていたので、食べ物を食べながらはやめておこうということになったのだ。

準備だけはしっかりしていたので、ササッと用意すればいいだけ。

出汁《だし》もしっかり作ったし美味しいのだ。

ま、年越しそばの由来上、厄を断ち切るというので、年をまたいで食べるのは不適切だったりする。

年明け後に食べる年越しそばは、金粉などを混ぜて金運を取り込むという意味もあったりするから、どっちでもいい話というわけだ。

というか、年をまたいで食べた方が、厄を断ち切って、金運も取り込めて一石二鳥、と思うのは、現代人の考えだろうか？

そんなことを考えているうちに、麺が茹で上がる。

「おっと」

麺類は大家族にとって難しい料理だったりする。

なぜなら伸びるからだ。

先にできる方は硬めに、後の方は通常に近い硬さで。

特に、年越しだからな、一緒に、いただきますをしたいだろう。

そうやって、作っていくたびに、キルエとサーサリがせっせと運んでいく。

さて、さっさと終わらせて食べますかね。

全員分の用意が終わり、キルエとサーサリと共に、宴会場に戻ると、嫁さんたち全員席について いていて、俺たちの到着を待っていた。

『ただいま、リテア教会前からお送りしています。鐘を鳴らして厄払いをするという、除夜の鐘を間近で聞こうと、多くの参拝客で賑わっています』

教会で除夜の鐘ってなにか間違ってね？

そうは思うが、どうせ、地球の宗教とは違うのだ。考えるだけ無駄だろう。

実際に神様もいるんだし、何か問題があれば言うだろう。

「さ、冷める前に食べてしまおう。だが、その前に、もう一度挨拶をしておこう。あけまして おめでとうございます」

「「「あけましておめでとうございます」」」

「今年も色々あると思うけど、家族みんなで頑張って行こう。じゃ、今年一番の家族作業だ。いただきます」

「「「いただきます」」」

うん。

いい出来だ。

みんなも、俺と同じように、そばを口に運んでいく。

特に変わった様子はないから、問題はなさそうだな。

年初めのご飯がまずいとかいやだしな。

いや、日本の年明けは外で屋台巡りして、はずれとかに当たったけどな。

あれはショックだった。

慌てて、ほかで口直ししたもんな。

そんなことを考えている間に、そばを食べ終わり、ほかの皆も食べ終わってごちそうさまでした、と言っている。

「よし。じゃ、片付けてくるから、その間に初詣に行く準備しといてくれ」

「「「はーい」」」

俺やキルエ、サーサリは後片付けに向かうが、他の嫁さんたちは初詣の準備だ。

今年一番の行事だし、各代表の嫁さんたちとしてはしっかり装いを整えないといけない。

女の準備は時間がかかるということだ。

俺や、キルエ、サーサリは軍服とメイド服が正式装備なので楽なもんだわ。

あと子供たちはいったん置いていくから、そこら辺の面倒をアスリン配下の十魔獣に頼む。

こっちは、アスリンに絶対服従だし、子供たちのことを我が子のように可愛がっているから
そうそう問題はない。

まあ、片付けといっても、しっかり洗って、乾かして、棚に戻すなどということはしない。

大家族だから時間がかかりすぎる。軽く洗って、あとは自然乾燥だ。

「よし、こっちは終わったぞ。って、それ……」

俺たちが素早く片付けをして戻って来てみれば、嫁さんたちが、艶やかな振袖を着ていた。

そう、着物である。

本来振袖っていうのは未婚の女性が着るモノなのだが、こうして着飾ってもいいだろう。

裸になりたいってわけでもないからな。観光に来た外国人が振袖を着ることも多々ある。

そういう感じだ。

「どうかしら？　似合ってるかしら？」

セラリアがそう言って、両袖を持ってくるりと回る。

何だろうな、美人さんが着るとなんでも似合うってやつか？

それとも、嫁さんびいきなのだろうか？

だが、それよりも気になることがあった。

「ああ、似合ってるよ。でも、着付けって大変じゃね？」

セラリアは俺の答えに、前半顔をほころばせて、後半残念そうな顔をした。

「もうちょっと言葉の流れを読みなさいよ。まあ、着付けは大変ね。練習は大変だったわ」

「他の嫁さんの姿がちらほらなのは……」

「そうよ。着付け手伝いで順次着替えているの。準備はもう少し待って」

「ああ。分かった」

そうして、俺は座布団に座ってのんびり茶をすすって待つが、セラリアは立ったままだ。

「座らないのか？」

「着崩れしそうなのよ」

「ああ、なるほど」

着物も大変やな。

さすがに何でそんな面倒なものをって言うほど野暮じゃない。

俺のために着たのだろうから。可愛いし、俺としては問題ないからＯＫ。

「どうですか、旦那様？」

「お兄さん、どうですか？　かわいい着物兎ですよー」

「どうかな、ユキさん。尻尾《しっぽ》とか出てるけど大丈夫かな？」

そうやって、続々と嫁さんたちが出てくる。

ルルアは、髪をまとめて、かんざしをつけているので、イメージががらりと変わったり、ラッツやリエルは、獣人特有のケモミミや尻尾が独特で、これはこれで可愛い。

嫁さんたちの中で秀逸だったのは、黒髪のミリーと狐人族のカヤだったりする。

黒髪で前髪ぱっつんのミリーは和装がすごくしっくりしていた。俺が日本で見ていた光景という奴だ。

片やお稲荷様で有名な狐を元とするカヤは、なんというか、傾国の美女という言葉が似合いそうだ。九尾の狐は日本の定番だもんな。最近は巫女《みこ》服の狐さんも多かったりするが。

で、ようやくみんな集まって、初詣に来たのだが。

ワイワイ、ガヤガヤ……。

そんな擬音がぴったりの光景だ。

去年も多かったけど、さらに多くなっているな。

こんな夜遅くなのに、子連れの家族も多々見受けられる。

去年はまだ浸透していなかったから、治安を不安に思って子供連れは少なかったのだが、今年は自然と目につく。

「ふぁー、多いねー」

「多いのです」

「これは……凄いわね」

「リリーシュ様は大忙しですね」

ちびっこ組も可愛らしい振袖を揺らして、人込みを見つめている。

ラビリスなんかは人の多さに引いているが、これに並ばないと、リリーシュに会えない。

一応ウィード在住の神様に新年の挨拶はしないとまずいと思うので、回避はできない。

「あ、ちぃ姉さま」

「あら、セラリア殿」

「ん？　ああ、エルジュにリリアーナじゃない。なんでこっちにいるのよ？」

「何言っているんですか。新年の挨拶で各国のトップがウィードに集まっているんですよ？」

「ああ、そんなこともあったわね。でも、こっちに来る必要はないでしょう？」

「そんなことって……」

「まあ、セラリアにはそんなことでしょうが、私たち魔族としてはこの機会に交友を深めたいんです。リリーシュ様の正体を知っている身としては、こちらも顔を出さないわけにはいかないので」

「なるほどね。まあそっちも色々大変だろうけど頑張りなさい。エルジュも少しは良い顔つきになったわよ」

「本当ですか‼」

「ま、私の言葉で舞い上がるぐらいじゃまだまだね」

「ちぃ姉さま……」

「そこまでにしてください。エルジュのおかげで、魔族たちも円滑《えんかつ》に交友を進められています。身内から褒められて、素直に喜ぶぐらい、いいでしょう」

「リリアーナさーん」

　そう言われて、魔王に飛びつく聖女。

　うん、文面おかしいわ。

「リリアーナがいいならいいけど、あまり甘やかさないようにね。私もつい甘やかしてしまうから」

「ええ。そこはわきまえていますよ。で、セラリアは各国の挨拶には？」

「当然出るわよ。でもそれは夜が明けてからの話だし、ほかの連中も2人のように夜更かししてないでしょうね？」

「さあ、どうでしょう」

「あ、お父様ならさっき会いましたよ。縁日で買い食いしてました」

「……あんのクソ親父が。さすがにロシュール国王がよその国の縁日で買い食いはまずいでしょうが……」

うん、それは本当にまずいのだが、まあ、あのおっさんに何を言っても無駄だ。

セラリアの中身の元だしな。

一応、家族みたいなもんだから、問題が起きたらもみ消すか。

オオッー!!

突如そんな声が、ある店から出る。

「ふはは、どうだ!! 剣の腕だけではないぞ。弓も扱えるのだよ!!」

「ロシュールの、私も盾だけではないのだよ!! ぬん!!」

声の発生源を見ると、ロシュールの親父とガルツの親父が的当てで勝負しているみたいだ。

「ほれ、店主。もっと品物を置いてくれ。孫たちにプレゼントを用意せんとな」

「うむ。全員女子だからな、ぬいぐるみとか可愛いもので頼む」

店主はガチガチに緊張して、視線を逸らす。

その先には、次期ロシュール女王アーリア、次期ガルツ国王のティークが申し訳なさそうに店主に目配せしている。

ああ、ちゃんとフォローはいるみたいだからいいか？

と、思ったが、そのぶっ飛んだ実父を持っているセラリアは我慢ならなかったらしい。

「くぉら!! そこのロートル共!! うちの国で騒ぎ起こしてるんじゃないわよ!! お姉さまもティーク殿もそこの馬鹿共の面倒をちゃんと見てよ!!」

「お兄様、シェーラは恥ずかしいです……」

あ、シェーラも涙目で兄が親の痴態を野放しにしたことを非難している。

で、そのあと、無論、親父たちがこちらに気が付いて、さらなる騒動になって、朝のトップの新年挨拶で眠そうな状態だったとかなんとか……。

ま、今年も皆よろしくな。

落とし穴54掘：お正月のお約束

side：ユキ

さて、新年、あけましておめでとうございます。

こんな挨拶を2、3日、年明けずっとしていると、ゲシュタルト崩壊を起こしそうになる。

元日、正月、それは地球においても、日本においても、新しい年を迎える日ということで、世界中で騒ぐイベントだ。

だが、それだけではない。

俺たち、楽しむ側がいるということは、楽しみを提供する側も存在するのだ。

1月1日から数日を稼ぎ時にする人々。

それを商売人という。

まあ、経済事情上とか、シフト上、押し付けられちまったという人はお疲れ様です。

地球の日本では正月出勤でも特に手当が出ない極悪非道の雇用場所も存在するが、我がウィードではそのようなことはなく、元日に働いている人たちに対しては、元日手当や後日休日をちゃんと与えるように厳命している。というか、これをちゃんとやらないと経営者は処罰の対象である。

馬車馬のように働かされてたまるか。一般労働者なめんなやゴラァ。

と、日本の時の愚痴《ぐち》が出たな。

話を戻そう。商売の話だ。

元日、正月は商売人に取ってはここ一番の稼ぎ場である。

年越し、年明けを祝うために、人々の財布のひもが盛大に緩む。

日本では、福袋狙いで元日の朝から行列ができるのは当たり前。

それどころか、徹夜組も存在する。

まあ、お台場の祭典イベントのようなことがあちらこちらで起こる。さすがにあれに迫るとは言わないが。

……ちょっとまて、そう言えば俺、こっちに来たせいで、大即売会を計4回以上逃してね？

ぎゃー!? やべー、郷愁がぶり返してきた。今まで忙しくて忘れてたけど、思い出すと欲しくなる。

いや、あの騒ぎに参加したくなる。

また話がずれたな。

いや、俺がここまで1人で考えに耽っているのは、正にこの福袋が問題なわけだ。

福袋：歴史自体はそこまで深いものではなく、1911年頃、初詣で神社へ向かい、開運札を入れた袋を福袋と呼ばれる記述があったり、確認できる古いものでも1902年頃、新聞の

広告で「よせ切、見切、反物、福袋、取揃居候」とあることから、すでに商売としての福袋が知れ渡っていたと思われる。

原型と言われるのは、江戸時代に「えびす袋」という物が存在していて、これまた呉服の画期的な売り方とされている。

……このえびす袋の内容だが、1年の裁ち余りの生地を袋に入れて販売したとある。

つまり、在庫処分である。

単品では売れにくい、年末まで余ったものを、年明けの祝い品として、多少いいものとまとめて売り払ってしまおうという、商売人たちの会心の案である。

ふとっぱらに見える上、在庫処分もでき、買う方もいいものも入っているし、いらないといっても使えないものでないし、価格は普通に買うより安いので文句もない。

ある意味どちらとも得をしている。

ちなみに、この福袋。日本が発祥だったりして、外国ではハッピー袋なんて名前で取り入れられて人気があったりする。

恐るべし、日本の商人と言ったところか。江戸時代からグローバル化も狙っていたらしい。

「ほほう。さすが、お兄さんの故郷の商人は油断なりませんね」

俺のうんちくに反応するのは、嫁さんの中で商売に精通するラッツ。

「それを、あっさり取り入れるあなたも凄いわよ。ラッツ」

そう言うのは長耳が少し赤くなって寒そうなエリス。

「私はお酒の福袋買い込むわよ。言うまでもない。ぬふふ……」

次にそんな野望を語るのは、言うまでもないミリーだ。

最初はなんでそんなに酒を飲むのかと思っていたが、よくよく考えれば分かることだ。

冒険者ギルドで受付嬢をやっていたのだ、厄介な相手の対応に追われるのは想像がつく。

よほどストレスだったんだろうな。

昔に比べて飲む量は減っているので、ミリーを見捨てないで欲しいと、ミリーのご両親や妹さんやら、ギルドの同僚たちにも言われた。

別に酒乱じゃないし、嫁さんとしても尽くしてくれるし、俺としては何も文句はない。

だが、エリスと同様に多少自分のしたいことを我慢する傾向だから、そこら辺は気を遣わないといけないだろう。酒というのは我慢していることへの逃避、解消行為とも取れるからな。

まあ、最近はミリーにとってお酒は趣味になりつつあるようだけどな。色々なお酒を集めて飲んでってやつだ。ウィスキーのボトルとか面白いよな。

と、ミリーの酒への思いでほくそ笑む顔を見ていると、ラッツから思い出したように死刑宣告が届く。

「何を言ってるんですか。福袋は去年好評すぎて、在庫が一気になくなったから、1種類につき1人2つまでしか買えませんよ？　知らなかったんですか、ミリー？」

ラッツはそう言って、お店の壁に貼り出しているポスターを指さす。

そこにはラッツの言う通り『一種類につき、御一人さま二袋まで』と書いてある。

こういうところも日本に似てるよな。

どこも、こういうものに人が群がるということか。

さて、色々話したが、これは総じて時間潰しである。

開店までようやくあと10分といったところ。

俺は朝一の福袋狙いで、正月早々、朝っぱらというか、日が明ける前から、スーパーラッツの初売りに頭数要員として連れていかれているというわけだ。

正直、ラッツの権限で店舗要員分と同じように、代表分の福袋ぐらい取っておけばいいとか思ったのだが、それは選べないし、いいものを逆に優先的に回されそうだからいやだと嫁さんたちが言ったのだ。

実にそう思う。

まあ、こうやって並ぶのも正月のイベントということだろう……。

俺は福袋とか興味はないが……、だって絶対労働力に見合わねえよな⁉

中身ランダムで万単位が日本では飛んでいくし、自分で選んで買った方がよくね？

本質的には宝くじを買うのと同じようなもんなんだろうが、こうやって並んでると気が遠くなる。

「お兄ちゃん、あったかい飲み物買ってきたよー」

「兄様買ってきたのです」

「結構遠くまで行ってきたわ」

「近場の自動販売機は売り切れでした」

そんなことを考えていると、飲料調達部隊として派遣したちびっこたちが戻ってきていた。

「ああ、そっか。これだけ並んでるんだもんな。そりゃ売り切れるな。ありがとう。みんな」

嫁さんたちもお礼を言いつつ、温かい飲み物を飲んで一息ついている。

しかし、売り切れか。

「これは来年の改善目標ですねー」

「だな。見た感じ、この並びにも子連れもいるし、なるべく暖を取れる手段を用意しておかないといけないな」

「そうですね。いつか、私たちの娘たちも並ぶでしょうから」

……あ、そうですか。

「なら、ユキさんが言ってた甘酒とか用意すればいいんじゃないかしら？」

「まあ、定番だしな。いいとは思うけど、米の生産とかどうなんだ？」

「……収穫量だけで言うなら全然足りない。来年には稲作地域を広げる予定ではある」

「カヤの言うのはウィード全体がお米を毎日食べられるか？って話でしょう？」

「エリスの言う通り」

「ふむ。お米だけというのであれば、DPでの補給で今のところ大丈夫ですし、来年の稲作収穫分は甘酒に回して、完全に甘酒生産体制を作ってもいいかもしれませんね。どう思いますか、お兄さん？」

「そうだなー。幸い、ウィードの主食はいまだにパンだし、米が出回っていないわけでもないが、DPでの取り寄せ米だしな。甘酒に回すっていうのは、ある種の新しい試みになっていいんじゃないか？」

「それなら、甘酒の選別よね‼　どの味を目指すか決めないとね‼　帰ったら甘酒飲みましょう‼」

「ミリーのは欲望まみれな気がするけど、ウィードの名物になるのだからそれは必要よね」

　これは家に帰ったら帰ったで酒盛りを再開か。

　新年の祝いで昨日も結構飲んでたはずなんだが……。

「ねえ、お兄ちゃん。そういえばお正月にやる遊びがあるって言ってたよね？」

「言ってたのです。教えて欲しいのです」

「そうね。どんな遊びがあるのか知りたいわ」

「はい。学校のみんなに教えてあげられるかもしれません」

「お、それもあったたな。羽根つきとかいいかもしれないな。厄払いの意味もあったみたいだし。

凧あげなんかはむしろ、日本より、ウィードの方がやりやすいだろうからな」

「そうなの？」

「日本は電線とかが多くてな。うかつに空にものを飛ばせられないんだよな。あとはカルタとか福笑いとかだな」

「福笑いってなんなのです？」

「そうだなー。顔をパーツに分けて、のっぺらな顔の上に、目とか鼻、口とかを、目隠しした状態で、置いていくんだ」

「それだと変な顔になりそうよ？」

「そうですね。もしや、感覚を鍛える訓練ですか？」

「違う違う、むしろ変な顔を作るのが目的だな。目を隠して真剣にやって変な顔になるのがいいんだ」

「なんでかしら？」

「どういうことでしょうか？」

「日本には笑う門には福来るって言葉があってな。笑っているといいことが起こるって話で、それを意図的に呼び込むみたいな話だな。まあ、皆が笑ってたら嬉しい、楽しい気持ちになるだろ？」

「うん。みんながわらってると楽しいよ」

「楽しいのです」

「そうね。笑顔だとこっちも嬉しくなるわね」

「はい。そういう意味なのですね」

「だな。だから誰でも笑いを取れる縁起のいい遊びって言われているんだ。そうだ、甘酒で少しほろ酔いにでもなったら皆で福笑いをやろうか。それを記録に取ろう。きっと楽しいぞ」

「楽しそうですね。お兄さん」

「はい。楽しみですね。でも、私は完璧な形にしてみますよ」

「お、エリス。それはなんか自爆の予感がするわよ？」

なかなか盛り上がってきたな。

正月は毎日が祭りって感じか。

と、そういえば福笑いもこっちに合わせて顔を変えるべきだよな。

かといって、実際いるリリーシュの顔を変えるのはリテアに対して大問題になりそうだし。

あまり影響のないやつの顔、それでいて皆に知られているやつか……。

「あ、あいつがいたか」

俺はそう思ってコールで奴を呼び出しておく。

「あの、大将？　証明写真をいまさら撮る必要があるんすかね？」

「そら必要だろ。魔物軍部のトップなんだから、ちゃんと正装してきっちり決めないとな」

「でも、なんでわざわざ和服なんすか？」

「そりゃ、一応日本の正月を真似ているからな。そこら辺も合わせるって感じだ」

「ああ、そういうことっすか。でも、さっさと終わらせてくださいっすよ？　アルフィンとかうるさいんすから」

「まあまて、そこまで時間はかからん」

ということで、来年、ウィードの福笑いとして、全身スティーブが一般に販売されることになる。

顔だけでなく、手足胴と、新たなる福笑い、頭の上に手足が生えたり、胴が明後日の方向にあったりと、一躍、正月のネタと化す。

まさに、笑う門には福来るである。

無論、スティーブ本人のイメージアップに繋がり、メディア露出が増え、金回りもよくなるから、万々歳である。

「全然万々歳じゃないっすからね!!　っていうか、正月からおいらをオチに使うんじゃねーっす!!」

第332掘：次なる地の前のお話

side：ユキ

「今回のことは非常に感謝している。事態が落ち着けば、祝いの宴を2、3、必ずやろう」

そう言って、俺たちの出立を見送るのは、アグウストのイニス姫と近衛のビクセンさん。

「そうですね。その時はゆっくりと話しましょう。ラビリスたちの件も含めて……」

「それは何度も頭を下げたし、謝罪の品の一覧も渡しただろう⁉　まったく、怖い御仁だな」

当の犯罪者はすでに送り返されていたし、エリスやラッツが先に落とし前を用意してくれたので、俺が口を挟《はさ》む暇はなかったが、ラビリスのおっぱいに触るわ、アスリンは泣かしておっぱい揉むわ、俺直々に処刑してもよかったぐらいだ。

ヒッキーとかいったっけ？

名前の通り二度と外に出られないようなトラウマを植え付けてやったのに、惜しいことをした。

「ま、冗談は置いて、今は緊急事態ですからね。この件を学長に伝えた後、ローデイ、エナーリア、ジルバへと伝えなければいけません。陛下に略式での挨拶で申し訳ないと、伝えておいてください」

「ああ、父上もそのところは理解しているから、わざわざ私から伝える必要はないと思うが、ユキ殿からの願いだ、ちゃんと伝えておこう」

「感謝します」

俺としては好都合なことに、ヒフィーが仕掛けた戦争を誰かに擦り付けようかと考えている時に、実際に、ヒフィーと同じように暗躍している連中がいたので、それに全部押し付けることにした。

デリーユの活躍のおかげで、思わぬ名前が出てきて、アグウスト首都では王様と大臣で大会議中だ。

エクス王からの直々の手紙なのか？　それとも偽物なのか？　俺たちと同じ疑問で会議が紛糾している。

実際被害を被っているのだから、俺たちみたいにどうでもいいやー、とはいかない。

国も隣接しているし、とりあえず、エクス王国に接する国境の守りを固めるように指示しているみたいで、兵士がエクス王国方面へと慌ただしく動いている。

もともとアグウストとエクスは地理的にお隣同士で、国境争いをしている。

仕掛けてきても、なにもおかしくはないのだ。

ジルバ王国とエクス王国は友好関係にあり、まあ表向きな国境争いみたいなものはあるが、予定調和みたいなものだ。

ジルバはその関係で、エクス王国との国境にそこまで兵力を割かず、今までエナーリア方面、南方の小国家群、中央にあるランサー魔術学府とは違う山々に潜む亜人たち、この三方に軍の主力を向けている。

1つのエナーリア方面はすでに片はついているけどな。

ということで、ジルバも本当にエクス王国が暗躍しているなら、危なくはあるが、ちょうどいいことに、立場の上がったスティーブとザーギスがいるので、この機に乗じて、立場をさらに上げてもらおう。

ジルバ王国の被害？　いやいや、自国ぐらい自分たちで守ろーぜ？

今回俺たち関係ないし。前任者とか駄目神いないし。

スティーブとザーギス置いてるだけ感謝して。

ということで、俺たちとしてはそこまで焦ってはいないのだが、現在のアグウスト内での立場は竜騎士アマンダの護衛なのだ。

今の状況はアグウストの要請により、学府が竜騎士を派遣したという体裁になっている。

緊急事態ゆえに、そういうことになっていたが、一応、一息つける状態になっているので、これ以上無意味に竜騎士アマンダを手元に置いておくと、アグウストにとっては今後色々なところで面倒になるのだ。主に政治的な関係でな。

今の状況も実はあまりよろしくない。

竜騎士が挨拶に来たのを、そのまま戦へ投入してしまっているのだ。

一応、ポープリと話はついているものの、挨拶に来た他国の客人を最前線に投入しているのだから、非常識極まりないだろう。

つまり、現時点でも、学府、竜騎士には多大な借りができているのだ。

どこかで大々的に今回の協力に対する謝辞を示さないと、国としてのメンツが潰れる。

大国って大変だね‼

とまあ、そういうわけで、これ以上竜騎士アマンダを拘束、戦力として扱っているように見られるのはまずいので、即刻立ち去るようにと、ポープリから、いや俺経由で連絡を入れたわけだ。

俺たちも俺たちで、黒幕については調べないといけないからな。

慌ただしいアグウストでは動きが取りづらい。

ということで、俺たちは学府へと帰還ということになったのだ。

……新婚旅行が遠のいたけど、こんなところでしても慌ただしいだけだし、嫁さんたちには我慢してもらおう。

なんか、家族サービスのフォローの方が大変な気がするけど、こっちの方面で忙しいのはまだいいんだよな。

今回みたいに、他人の尻拭いで色々合わせないといけない方がつらいわ。

まあ、散々憂さ晴らしはさせてもらったが。

「イニス先輩。また必ず来ます‼」

「ああ。アマンダ後輩。その時を楽しみにしている。達者でな‼」

「はい‼」

気が付けばアマンダと姫様の挨拶も終わり、いよいよアグウストから飛び立つ時がきた。

「竜騎士アマンダ、そして護衛の傭兵団に敬礼‼」

ザッ‼

ビクセンさんがそう言うと、慌ただしく動いていた兵舎の兵士たちが一斉にこちらを向いて敬礼をする。

……ここまでやれるなら、何かあってもちゃんと対応できるだろう。

ま、直通の拠点は確保してるから、やばそうなら手伝うけどな。

クリーナの家族のファイゲルさんもいることだし。

「皆さんお元気でー‼」

アマンダは兵舎が見えなくなるまでずっと手を振っていた。

……言いたくはないが、腕、疲れないか？

さて、帰りは直で戻ることになっている。

自国に帰るのに、わざわざ鈍足に偽装する理由もないからな。

「あの、皆さん。今回は私のわがままに付き合っていただいてありがとうございました‼」

籠の中で、アマンダはそう言って頭を下げる。

まあ、今回の安請け合いは、俺たちがいなければ本当に大問題だったからなー。

まずいという自覚がないと、今後非常に怖いが、実感はあったみたいだからいいか。

俺たちも、目的を達成するために後押ししたようなもんだし。

「いいのよ、ってこれは前に言ったし、今回は何がダメだったかちゃんと聞いてみましょう」

「え？」

「いい、アマンダ。貴女が謝っているのは、私たちを危険に巻き込んだから。そうよね？」

「あ、はい。そうです」

「他に、ちゃんと自分の立場としての危険性も分かったかしら？」

「はい。エリス師匠たちがいなければ、きっとトンデモないことになってたと思います」

「うん。それが分かっているのならいいわ。決して自分の腕を過信してはダメよ？　伝説の竜騎士の前にアマンダは女の子。新婚さんなんだから、エオイドとの時間を大事にしなさい」

「はい‼」

うん。エリスもちゃんとそこは釘刺しているし、よほどのことがない限り、無茶はしないだろう。

「そういえば、ユキさん。戻ったらどうなるんでしょうか？」

エオイドがそう聞いてくる。

さて、エオイドの言う通り、これが問題だ。

「まずは、ポープリ学長に話してからだな。学府にも魔剣を持った連中が潜伏している可能性がある」

いや、トーリ、リエル、カヤが連絡後速やかにボコボコにしたけどな。

ポープリがこっち側で助かるわ。やりたい放題。

「その後は、学府から各国に緊急連絡だろうな」

面倒なのは、すぐにホワイトフォレストへ行けないことだ。

名目上、学府に一度戻らないと怪しいし、あの状態のアグウストから、亜人の国へ出国手続きなんてすれば疑われる可能性がある。

今、アグウストは南のエクス王国の仕業か、北のホワイトフォレストかとピリピリしているからな。

「やっぱり、アマンダが連絡役で行くんでしょうか？」

「それはないな。今回、アグウストで戦闘に巻き込まれた。いや首を突っ込んだから、黒幕に顔が知られた可能性がある。下手によその国を飛び回っていると、そこを襲われかねない。だって一番邪魔だからな」

「そんな……」

まあ、その場合、正しく竜騎士は機能しているということなんだけどな。

俺たちの弾除けっていう役割。

「学長がそんな危険を冒すわけがないから、学府で待機だろうな。なに、デリーユとかも残るし、問題はないだろう」

「え？　その言い方だと、ユキさんたちはいないんですか？」

「俺たちはローデイに向かう予定だよ。サマンサがいるからな、繋ぎが楽なんだ」

そう。

俺たちは、アグウスト方面からではなく、すでに信頼厚い、サマンサの親父さん、ローデイのヒュージ公爵家の伝手でホワイトフォレストに向かう予定になっている。

この前の、決闘大会の映像も届けて、ビデオカメラによるローデイ内での地位を確立して欲しいからな。

ビデオカメラの受け渡しも急がないといけない。

この前は聖剣使いたちもいたし、竜騎士アマンダもいて、さっさとサマンサを貰います、OKって話で簡単に切り上げたからな。

「なるほど。エナーリアやジルバはどうなっているんですか？」

「幸い、エナーリアの方は、エージル将軍が来ているから、そちらに話して届けてもらう予定だな。ジルバ方面はすでに学長の知り合いに連絡を出している」

ま、エナーリアの方はすでに片が付いているから、エージルに学府での戦果報告も兼ねて戻らせるような感じだ。

で、ジルバは今、待ち構えている状態なので、余計な横槍が入らないように、こちらから情報封鎖だ。

スティーブとザーギスが上手くやってくれるだろうさ。

「そういえば、エクス王国には連絡どうするんですか？」

ああ、そうか、アマンダとエオイドは黒幕がいることは知っても、誰が黒幕なのか見当もついていない。

さすがに機密だしな、こんな学生にポンポン話すわけにはいかないよな。

エクス王国が黒幕候補なんて……。

「そっちは、アグウストの方から使者が行くみたいだ」

なんてのは嘘で、あの分かりやすい手紙のおかげで、真っ向から聞いてもちゃんとした答えが返ってくるわけもないし、最悪、使者が死者になって帰ってくる可能性があるから、どうしたもんかということになっている。

この関係で、俺たちが調べてきまーす。なんて手を上げることはできないので、とりあえずホワイトフォレストを先に調べようってことになったのだ。

その間にエクス王国が動いたら確定だし、直通通路があるから、アグウスト、ジルバがやばくなっても援軍として駆けつけられる。

「そうですか……。あの、道中気を付けてくださいね」

「ああ」

エオイドは自分がついていけないのが気になるのか、言葉を濁しながら俺に言ってくる。

いや、心配するなって方が無理か。

エオイドとも、付き合いは短いとはいえ同じ釜の飯を食ったからな。

「心配するなって。行くのはユキさんだ。それより、自分の心配した方がいいぞ？」

「え？」

「俺は残るからな。ビシビシしごく。学府だからって安全とは限らないからな。鍛えて鍛えまくるぞ」

「……はい」

頑張れ若者よ。

で、その隣で話を聞いていたアマンダは、エリスとホワイトフォレストの話をしている。

「ホワイトフォレストは一年のほとんどが雪って話ですし、エリス師匠、暖かい服を着てください」

「ええ。大丈夫。ちゃんと準備してるから」

「あ、そうだ。可愛い手袋置いてある店があるから、そこでプレゼントさせてください。今までお世話になってますし、願掛けなんです」

「願掛け？」

「はい。学府では、旅の時に使う道具をプレゼントすると、残る人と、旅に出る人に繋がりができて、無事に帰ってくるって」

「……そう。なら、可愛いのを選びましょう」

「はい‼」

どこにでもそういう願掛けはあるんだな。

何かに願いを掛けたくなるのは、人の性かね。

しかし、ホワイトフォレストはどこの情報からも雪国みたいだな。

……その場合畑作は夏の一時だけだろうし、ほとんどが漁獲とかか？

そういえば、中世での極寒地の生活ってよく知らないな。

現代でも、水道が凍るとか、交通の便が悪いとか聞くのに、この文明レベルで生活できるのは凄いことじゃないか？

……まあ、今までの歴史から好き好んで北辺の地に住んでいるわけでもなさそうだけどな。

しっかし、当初はこっそりやるつもりだったのが、何でこうなったかねー。

人生、上手くいかないもんだ。

第333掘：残りの聖剣

side：コメット

いやー、世の中広いね。

私も結構やれている方だと思っていたけど、世の中、私を超える人物なんてごまんといるようだ。

こんなふうに、最初から負けているなんて言えることはそうそうないだろう。

その道で第一人者として周りから知られている以上、それなりのプライドもあるし、その期待を一身に背負っているからこそ、よそに負けているなんて素直に認めるわけにはいかない。

どこが悪いとか、ここが上だとか、そんな難癖をつけて、どうにか対等というのを保とうとする。

ま、私もそんな研究所の連中がいやで、のんびり村で1人研究していたのだが……。

「ここまで差があると、意地の張りようもないよ。あっはっはっは‼」

私は、ユキ君が用意してくれた研究所で、さあここの技術力はどんなもんか？　と見定めるつもりが、ここに来てから、私が知識不足で、勉強している有様だ。

何もユキ君やタイゾウさんからもたらされた科学技術だけというわけではない。

エンチャントの達人、妖精族の族長ナールジアの職人技術と魔力操作の繊細さには度肝を抜かれたし、ザーギスという魔族の、魔力特化型の種族の魔術適性の凄いこと凄いこと。

そして、それらの特性の違う技術をまとめて、さらに新しい技術を生み出そうとしている。

その新しい技術も、ただの新発見ではない。一般の人たちに恩恵のある開発も同時に進めている。

今のところは、ユキ君やタイゾウさんの世界の歴史を辿るような発明ばかりだが、いずれ、この世界独特の発明が出てくるだろう。

「ま、ここで意地を張っても仕方ないですよね」

「そうですね。いくら特殊な技能による技術体系があるといっても、ユキたちの世界から見れば、馬鹿をしているとしか見えませんからね」

「まったくだよ。と、2人はなんで資料室に？　何か調べに来たのかい？」

私とは違って、ここに昔からいる2人はそれなりに地球の科学体系を理解しているので、ここに勉強に来ることはそこまでない。

いや、真剣に学ぼうと思えば、一分野だけで一生を使い切りそうだから、ほどほどに勉強するだけだけどさ。

「いえ、コメットに用事です」

「ええ。ちょっと確認してもらいたいことがありまして」

「私にかい？」

こりゃ不思議だ。

この中では私が知恵を貸すようなことはそうそうない。

魔力枯渇関連の資料も、記憶から呼び起こして書き出して渡したが、内容はほぼ一緒。

ユキ君たちの研究結果の方が精度が高いくらいだ。

基本的に私は今までの統計や経験を話すぐらいしかできなかった。

「となると……ベツ剣のことかい？」

もうそれぐらいしか思いつかない。

今じゃ仰々しく聖剣、魔剣とか言われてるけど、持つだけで強くなるってコンセプトで開発した便利ツエー剣。

これが、色々と現在の状況をややこしくしているのだ。

いやー、身から出た錆とはいえ。めんどくさいわ。

「はい」

「とはいえ、回収した粗雑な魔剣の方には開発者に繋がるような銘などは入っていませんでしたし、別の剣の方での話です」

「別の？」

「聖剣の方なんですが、彼女たち、つまりコメット殿がベツ剣を与えた13本。そして、ピースに渡した1本。あなたが作ったのは計14本でいいでしょうか？　いえ、試作とか自分で持っている分はあるでしょうが、譲渡した分です」

「ん？　ああ、たしかに14本だよ」

「で、そのうち、現存しているのが、今ウィードにいる聖剣使い9人の9本、ピースさんのはユキさんが握り潰しましたけど、コメットさんが修理したので1本。現在確認が取れていない聖剣は4本ということになります」

「あ、分かった。その4本をベースに別で研究がされていたかもしれないってことか。だから4本の情報が欲しいってことかな？」

「はい。でも、一応、その4本すべて所在は割れています」

「ありゃ？　そうなんだ」

「今度ユキさんたちが向かう亜人の国、ホワイトフォレストに3本。そして、エナーリアに1本。前者はクロウディアさんとカーヤさんの証言からです。後者は、ユキさんがジルバとしてエナーリアに攻め入ったときに、敵方として聖剣使いを名乗る少女がいて、それを捕縛。一応今後のために、その少女と聖剣はエナーリアに返還しています。ですが、データは取ってあるのです」

「ふむふむ。確認と、情報ってかんじだね」

「ええ。お願いできませんか？」

「いや、勉強も悪くないけど。そっちの仕事もしないと、私がここにいる意味もないからね。ヒフィーに怒られるよ」

うん、意気込んで研究室に来たのはいいけど、ヒフィーに私自身の自慢できる成果がない。

これじゃ、ヒフィーに怒られる。

とりあえず、分かりやすい実績を作っておこう。

ユキ君やタイゾウさんは研究で大発見をポンポンできるとは思っていないだろうけど、ヒフィーはそういうことに無関心だし、私の研究関連にはいつも苦言を言ってきたからねー。

とりあえず、なんとか分かりやすい成果があると、当分は大人しいだろう。

「じゃあ、まずは、ホワイトフォレストにある3本の聖剣についての情報をいいですか？　一応現物は確認するつもりですけど、前もっての情報があればありがたいので」

「そりゃそうだね。えーと……」

それから、3本の聖剣の情報を思い出す限り、書き留めたり、質問されたりして、正確さを整えていく。

「これを確認すれば大丈夫だと思うよ。まあ、写真とかを送ってくれる方が確実だけどね」

「それはそうですね。ユキさんの方にはそう言っておきます」

「で、すでに情報がある、残りの1本は？」

「ああ。これです」

そう言って、ザーギスがその一本の資料をこちらに渡してくる。

私は特にためらいもせずに、資料を手に取り、流し読みする。

「ん？」

なんか変な記述があった気がする。

疲れてるのかな？

目頭を揉んで、再び資料に目を通す。

「んん？」

やっぱり二度見しても変わらない。

「どうかしましたか？」

「いや、この聖剣は知らないよ」

「はい？」

「これは私が作った聖剣じゃない。それははっきりと言える。この持ち主のライト・リヴァイヴだっけ、この時点で私が作った聖剣じゃないんだよ」

「どういうことでしょうか？」

「私の聖剣に力がありすぎるのは理解していたからね。ちゃんと魔力承認で、登録した本人しか使えないようにしてるんだよ。その変更は私がいたダンジョンの設備じゃないとできないようにしている。つまり、新しい担い手ができたっていうのがおかしいんだ」

「なるほど」

「次にこの光の聖剣だけど。属性の光っていうのは、一本しか私は製造していない。出力調整が非常に大変だったからね。ダンジョンコアの魔力プールがあるとはいえ持ち主の魔力消費もかなり酷い。で、これの持ち主はディフェスだから、その聖剣は私のとは別物だってこと」

「でも、構造を見る限りは……」

「そうだね。ナールジアの言う通り、私が作った聖剣と似ている。実際見たわけじゃないからなんとも言えないけど、情報の限りじゃかなり似ているように見えるよ」

さて、これはどういうことかな？

そうして、深い思考の海に落ちようとしていたところを、ザーギスの言葉で引き上げられる。

「色々推測は立てられますが、まずはっきりしているのは、聖剣が1本行方不明ということですね。話を聞いた限り、亜人の3本ではないので、ウィードにいる聖剣使いたちに話を聞けば所在は分かるかもしれません」

「そうだね。まずは、残り1本がどうなっているかを確認しよう」

「では、私の方は、ライトさんの持つ聖剣についてもうちょっと調べてみます」

ということで、急遽、再び聖剣使いの面々と顔を合わせることになった。

「……ということでね。残りの聖剣はどこにあるか知っているかい？」

そう聖剣使いのみんなに質問をする。

今では、私の精神制御から離れて、ずいぶんゆっくり考えられるようになっている。

いやー、本当に悪いことをしたね。

ま、向こうも、こっちをぶった切った負い目があるから、どっちもどっちって感じで、助かるんだよね。

そうじゃないと、今こうやって顔を合わせて話なんてできないだろうし。

「いいえ。私は」

「あれはディフェスが持っていったのでは？」

「はい。コメット様。あれはたしかに私が持っていきました」

「ふむふむ。どこかに保管したとか？」

「ええ。祖国のエクス王国の地下深くに……。その後は色々あって取りに戻ることはかないませんでしたけど」

「なるほどねー」

ここでもエクス王国に繋がるか。

裏で動いているのは、本当にエクス王国かもね。

「いや。助かったよ。あれは結構危険だからね。場所の把握はしておきたいんだ」

「なるほど。それはそうですね。もし、取りにいくことがあれば、私を案内役にしていただければ幸いです」

「うん。その時は頼むよ」

しかし、どうやら皆はエナーリアの聖剣については知らないみたいだな。

どこから出てきた？

話を聞いても、眉唾物だと思っていたって話だし。

関係ないんだよな。

ポープリの方もエナーリアの聖剣については知らなかったみたいだし……。

いや、国の立場から考えれば、本物と思える聖剣とその担い手がいたなら、極秘にするよね。

奥の手だし。

その奥の手は、不幸にもユキ君たちとの戦いに敗れて、華々しい初陣は飾れなかったわけだけど。

「どうでしたか？」

「うーん。一応エクス王国に最後の1本はあるみたい。だから、調べるのは骨だろうね」

「そうですか。こっちで調べていたエナーリアの聖剣ですが、今は所在が分からなくなっています」

「はい？　それはどういうことですか？」

「それが、聖剣使いのライトさんは、あの大敗で心神喪失状態に陥っているらしく、聖剣をいったん王家が回収して、スィーア教会に預けているそうです」

「スィーア教会ねー」

自分の拾ってきた子がこうも仰々しく名前が売れていると違和感しかない。

個人的には護身用のために作ったからね。

「伝手の方は幸い、ルルアさんやミリーがエナーリアで暴れた時に崇められているので、聖剣を拝むぐらいはできると思います」

「それも、スィーアとキシュアが原因だよね？」

「はい」

「うん。なんというか世の中狭いねー」

「運が良かったというべきでしょう。とりあえず、コメットはエナーリアに行って確認してもらった方がいいです」

「そうだね。じゃユキ君に連絡して確認取ってみるよ……」

で、コールですぐに連絡を取ることになる。

「……ということでさ」

『なるほどな。話は分かった。ルルアとミリー、ラッツはエナーリアにいることになってるしな。そっちからフォローに回るよう言っておくわ。しかし、あの聖剣が偽物ねー。あの時は下手に触るもんじゃないと思って、ノータッチだったからな。しかし、色々と面倒だな。このまま じゃエクス王国にも行かないといけないな』

「だねー」

『まったく。誰かの尻拭いは大変だ』

「あっはっはっは。申し訳ない‼　まあ、若者を育てる試練だと思ってくれい‼」

『やなこった。ま、冗談抜きに、俺たちがホワイトフォレストに行っている間、ほかのメンバーでエクス王国に行くことも考えとかないといけないな』

「だね。エクス王国にある残りの1本が、何かこの魔剣の粗雑品に繋がってる気がするし」

『とりあえず俺たちはホワイトフォレストに行って、残りの聖剣3本の所在を確かめる。そっちはエナーリアの偽物を確かめて、ナールジアさんの作ったものと入れ替えてくれ』

「そんなもの作っていたのかい？」

『そらな、データだけ取ってレプリカをナールジアさんに作ってもらって研究はしていたからな。聖剣、魔剣どっちも。ちょうどいいだろう。持たせておくにはちょっと怖すぎる代物になったんだ』

「そうだね。私たちが知らない細工があってもおかしくない」

……さて、エナーリアの聖剣。

どんなものかね？

第334掘：もう一人の研究者は？

side：ユキ

コメットからの報告を聞いてちょっと考える。

あのライトは偽物ね……。

聖剣の方も別物だと。

ではあれはどこから見つかったのか？

エージルの話だと大聖堂の隠し部屋って話だった。

こっちもエージルにさらに詳しく、話を聞いておくべきか。

「おーい、エージルいるかー？」

ということで、さっそく学府に戻ってエージルの部屋を訪ねている。

「……」

反応がない。

もう一度。

「おーい、エージル‼」

さっきよりも大きな声で呼びかけてみる。

「いないみたいですね」

「どこに行っているのでしょうか？　すでに夜なのに……」

リーアとジェシカが首を傾げる。

この時間に自室にいないのはおかしいよな？

何か問題でもあったか？

明日にはエナーリアに速攻帰らないといけないのに。

実は、俺たちの帰還と同時に、各国への警戒文を送る手筈になっていて、エナーリアへの手紙はエージルを通じて渡すことになっている。

なので、今日はそろそろ寝ていないと、明日の出発に支障をきたすはずなのだが……。

「あ、ユキ殿⁉」

そこに現れたのは、スティーブにひん剥《む》かれた、隠れ女性兵士のノークだった。

あれから、エージルと共にいたおかげで、そのまま側近にされたみたいだ。

マッドの付き合いは大変だろう……。

無論、最初から学府についてきていたが、日々精一杯で、俺たちと会話する余裕はなかったみたいだ。

ま、下っ端だしな。

幸い多少の素質はあったみたいで、学府で勉強して少しだけ魔術が使えるようになっている。

さすがに魔術を使えないのに魔術学府で学生しているのは非常に肩身が狭いから、よかったと思う。

「ノーク。私たちエージルさん探してるんだけど、どこにいるか知らない？」

そうやって親しげに話しかけるのはリーアだ。

リーアはノークといつの間にか仲良くなっているみたいで、普通に話しかけている。

まあ、もともと村娘だしな。

ジェシカとかガチガチの上級軍人だから、ノークは緊張するだろうよ。

「ガチガチの軍人で悪かったですね」

「ありゃ、口にしてた？」

「いいえ。普通に夫のことは分かります」

「さよか。別に悪口のつもりはないんだけどな」

「それは分かっています。ですが、この場において、役に立てないのは、私にとっては悪いことなのです」

ジェシカはリーアに見せ場を奪われて少し悔しいらしい。

……楽ができて嬉しくないかね？

「リーアも帰ってきてたんだ」

「それはそうだよ。一緒にアグウストに行ってたんだから」

「そうだよね。っと、ユキ殿、ちょうど良かった。エージル将軍に言ってください!!　私の言葉じゃ聞く耳持たないんです……」

リーアとの会話を切り、慌てたように俺に話しかける。

「エージルがどうかしたのか?」

「はい。それが、実はまだ研究室に入り浸っていて……」

「明日、朝一番でエナーリアに戻るのにか?」

「……はい。研究室の物を全部持って帰るって言って聞かなくて」

ああ、そういうことね。

研究馬鹿ここに極まれりってやつか。

「別に、そのまま学府に戻らないってわけじゃないだろう?」

「はい。学長のポープリ様も研究室はそのまま残しておくといっているのですけど……」

「……とりあえず研究室に行ってみるか」

「お願いしますぅ……。このままじゃ、私のクビが飛びます……」

物理的には飛ばないと思うが、職的には飛びそうだな。

側近の意味ねーから。

いや、エージルの側近と認めたのはプリズムだし問題ないか?

でも役に立たない側近は置いとけないよな、給料出す国としては……。

税金の無駄使いは少しでも減らすのが、どこの国、世界でも一緒です。

まあ、その浮いた税金がちゃんとしたことに使われるかは、知らないけど……。

ガン、ガラ、ドン、ガシャーーン⁉

研究室に近づくと凄まじい音が、断続的に聞こえてくる。

……あれー？　荷物まとめるのってこんな破壊音したっけ？

ちなみにこの研究室、この学府に来た時に、エリスがポープリから巻き上げた部屋である。

いや、夫である俺がエリスのことを悪く言うのはいけないいな。

たしかな、まっとうな交渉の下、ポープリの善意により受け渡されたのだ。

決して、脅しの果てに、毟り取ったわけではない。

というかもともとの原因はポープリが悪いからノープロブレム、問題なし、無問題。

いや、こんな破壊音させてたら、さすがに部屋を取り上げられるわ。

「おい、エージル。入るぞ‼」

俺はそう言って中に入ると、研究室は荒れ果てていて、あられもない姿で、エージルがひっくり返っていた。

「や、やあ。アグウストから帰ったみたいだね……」

「おう。で、そっちは明日、朝一番で出ていくんだろ？　こんな時間になに暴れてるんだよっと……」

そう言って、ひっくり返っているエージルを引っ張り起こす。

「いやー、色々あるんだよ。もう報告は聞いているだろうけど、このランサー魔術学府の街で、未確認の魔剣所持者と、持ち主なしの魔剣が大量に見つかったって話があるだろう?」

「ああ。その兼ね合いで、エージルが急いで戻るんだろう?」

「そっちの話も学長から聞いている。アグウストでも大量の魔剣が見つかったんだろう?」

「だから、エナーリアに急いで警告を出すんだろ?」

「そのせいで、僕は当分、学府には戻ってこれない可能性が非常に高い。アグウスト、ランサー魔術学府、この2国だけ、魔剣を隠し持った集団がいましたなんて都合がいいことはないだろうからね」

「そりゃな……」

ヒフィーの魔剣輸送報告を調べれば、6大国全部に潜伏しているよ。

まあ、そのうち3つはすでに終わっていたり、監視中だったりするけど。

「万が一エナーリアでその集団が見つかった場合、僕は自国で拿捕《だほ》した魔剣の研究、量産計画の責任者に据えられる。そんな状態で、学府に戻ってこられると思うかい?」

「ああ、そうなると当然だな」

残念、すでにエナーリアの魔剣持ちの集団はしょっ引かれてますから、エージルはめでたく、責任者に据えられるだろう。

「となると、ここの研究道具は絶対必要になる。後で指示して持って帰るように伝えても、学府からの横槍が入れば持って帰れないし、言葉だけで運搬を担当する者がどれがどれだとか分かるわけない」

「だな」

「というわけで、できるだけ多くの物を持って帰りたいわけさ。ここ以上に、魔道具の関連アイテムが揃っているところはないからね」

理屈は分かった。

しかし、このまま無茶苦茶な荷物まとめをしていては、俺の話がまったく進まん。

「よし。これを使え」

「お？　これはアイテムバッグかい？　いやー、貴重な物をよく持っているね。いいのかい？」

「見た感じ、そっちのアイテムバッグは軒並み満タンみたいだしな。話からして、エージルが荷物を持って帰りたい理由もわかる。だから、貸す。ちゃんと返せよ。遺跡で見つけた品で、思った以上によく入るレア物だか……ら」

「うっひゃーーー‼　すっげーー‼　入る入る‼」

俺が言う前に、さっさかと荷物をアイテムバッグに放り込んでいる。

新大陸じゃ、魔道具自体レアなんだよな。

信用できる相手でも見せるのを躊躇うぐらいでいかないと、寝首をかかれるらしい。

この研究馬鹿はないだろうが……。

「で、エージル。その関係で聞きたいことがあるんだ」

「んー、なんだい？　おっと、これも持って帰らないと」

この類の人に「座って話を聞け」というのは「呼吸をするな」というのと同じである。

だから、気にせず話をした方がいい。

「魔剣が大量に出てきた件に合わせて、そうなると聖剣の方もって思わないか？」

「ああ、それね。僕もなにか疑わしくなってきたよ」

「何が疑わしいんだ？　エージルが見つけたんだろう？　文献を辿って……」

「そう。僕は文献を辿って聖剣を見つけた。だけど、その見つけた剣を魔剣ではなく、聖剣と判断した理由は言ってないよ」

「ああ、記述だけで判断することはないか」

「そう。他にちゃんと聖剣と判断できるものがあったわけだ。それはライトが所持者になった時に、光が溢れたから。聖剣、魔剣とそれなりに数は多いけど。光を司る剣は一本だけ。聖剣使いのリーダーが持っていたものだけだ。だから僕はそれを聖剣と判断した」

なるほど。

しかし、エージルは凄いな。

文献の情報収集だけで、聖剣使いの情報をかなり正確に集めている。

魔術研究一辺倒というわけじゃなく、考古学系の才能もあるのかね？

「でも、よくよく考えると変な話さ」

「どこがだ？」

「もともと、聖剣使いは国を追われて、その後行方不明だ。なのに、大事な聖剣をわざわざ憎い国のど真ん中に安置するかな？」

「……」

たしかに、もっと安全な場所がありそうな気がするな。

「まあ、意外な所に隠したとか。これから離れる国を案じて、最後の希望で残していった。なんてことも考えられるけど。エナーリアに光の聖剣があるのもおかしいんだよねー。エナーリアの祖、スィーアは水の聖剣。色々文献を調べてみたけど、リーダーの光の聖剣使いの祖国はエクス王国だって話だし、安置するにしても場所が変すぎる。場所がほぼ正反対。意味が分からないね。道中で適当に埋めた方が確実だと思うけど。まあ、だからといって、聖剣は偽物ですなんて言えないけどね」

「どうしてでしょうか？」

「あ、ノーク。いたんだ。まあ、簡単だよ。一度聖剣として発表したし、光の剣なのは間違いない。撤回すれば、国の評判に拘わるし、あって損するものでもない。幸い他国から、それが偽物だという文句も出ていないしね。まあ、ユキたちにボコボコにされて、すぐに引き戻されたけどね。内々に処理できてよかったとお国の重鎮は胸をなでおろしているだろうね。いまやジルバも身内みたいなもんだしね。お互いに痛いところはつつき合わないって約束でもしたんだろうね」

「……そうなんですか」

「あ、言い忘れたけど。これ極秘も極秘だから。下手に喋るとクビが飛ぶよ。いや物理的にも。だから気を付けてね」

「ひぃぃぃぃーー!?」

ノークもついてないな。

まあ、エージルの側近なんだから、こういう秘密事項はよく聞かされることになるだろうし、今のうちに慣れておけ。

ほとんど、俺とヒフィーのとばっちりが多いけど。

「とまあ、あの聖剣に関して僕は疑問を抱いているから。戻った時に、またしっかり調べてみるよ。機材も前よりも充実しているし、なにか違う情報が出てくるかもしれないからね。正直、今回の魔剣騒動とは繋がって欲しくはないんだけど。繋がっていたら、それだけの物を開発できる組織が存在していることになるからね。すでに範囲も各国に延びている。こうなるとこの前の騒動の大臣のローデイとの繋がりも、糸を引いていたように思えるし、これはどうやっても後手でしか動けない。動き出せば被害は甚大になるよ。ま、これで僕が暗殺でもされれば信憑性が増して、多少はましになるかもしれないけどね」

「エージルが邪魔で誰かがってことか？」

「そうだよ。君みたいに周りが察し良ければいいんだけど、それは望めないから。万が一に備えて、手紙をプリズムに預けておくから、その時はプリズムと協力してくれ」

エージルは自分が起爆剤になることも覚悟ってわけか。

「一応、エナーリアは僕の祖国だしね。国の名前や名誉にはまったく未練はないけど、そこに住んでいる人たちが脅かされるのは認められない。だからさ、迷惑かもしれないけど、その時は墓下にいる僕の代わりに皆を頼むよ」

エージルは「仕方ないけどねー」とのんびりした様子で、荷物をせっせと入れている。

しっかり将軍としても働いている分、コメットよりもマシかもな。

「それなら提案がある」

「提案？」

「俺たちも同じ件で、明日ローデイに行くことになっている」

「ああ。そういえば、サマンサ嬢を手籠《てご》めにしたって話があったね。それなら君がローデイへ使者に行くのにちょうどいいか。で、どこに提案があるんだい？」

「エナーリアには、こっちのメンバーも残っているから、そっちをエージルの護衛に回そう。

その方が安全だろう？」

「おおっ。それは盲点だった。たしかに、内部の誰が敵か味方か分からない今、傭兵である君たちの方がよっぽど安全だ。実力も見せてもらっているし、周りからも反対は出ないだろうね。僕も進んで死にたいわけじゃないし、頼めるかい？」

「じゃ、俺が一筆書いておくから、それをルルアかミリー、ラッツにでも渡してくれ、それで通じると思う」

「ありがとう。感謝するよ‼」

ルルアやラッツは変装して、学府、アグウストに来ているので、エージルに見つかっても別人にしか見えない。

だから、エナーリアにいるはずなのに？　と不思議に思われない。

そんなことを話しているうちに、荷物まとめがおわり、ようやく眠れると思ったエージルは、そのまま立って寝るという荒業を披露して、ノークに引っ張られて部屋に戻って行った。

「立って寝るってできるんですね」

「……極限の状態だとできると聞きますが」

「人によりけりだな。長くてつまらない話を聞いていると結構できるぞ」

校長の話とかな‼

「とりあえず、エナーリアの方はエージルと組んでやった方が、効率がよさそうだな。そっちの方を伝えて……」

「それは私がやっておきますから」

「ユキもさっさと寝てください。エージルのことは言えませんよ？」

「あ、そうか。俺も朝一だよな……はぁ、だるい」

なんでこうも忙しいかね。

第335掘：人によっては拷問になる

side：サマンサ

まったく、世の中は空気を読んでいませんわ。

私たちとユキ様の新婚旅行に水を差すのです。戦争回避へ奔走し、やっと学府に戻ったと思えば、ローデイを経由してホワイトフォレストへ行くことに。

たしかに、ヒフィー様の話は分かりました。

不甲斐ない私たちの先祖が原因でもあります。

しかし、ユキ様の言う通り、今の幸せを壊すとか言語道断‼

私たちの新婚生活を邪魔するとか、馬に蹴られて即死して当然‼

やっと、ヒフィー様の件を片付けたと思えば、他で動いている愚《おろ》か者がいるのが分かり、このように忙しい日々に……。

「サマンサ様。髪が整えにくいので、じっとしてください。気持ちはお察ししますが」

「あ、ごめんなさい」

気が付かないうちに、イライラで小刻みに動いていたみたいですわ。

別にサーサリの邪魔をしたいわけではないので、ちゃんとじっとします。

「そういえば、ユキ様はもうお休みになったのでしょうか？」

「いえ。今日はまだ学府でやることがあるそうで、意識は向こうで働いていらっしゃいますね」

「はぁ……、夫が必死に働いているというのに、私はのんびり、髪の手入れをしていてよいのでしょうか……」

「いいのですよ。明日はご実家に再び行かれるのです。しかも大変重要な親書を携えてです。ユキ様は殿方なので、戦場や現場での仕事が主ですから、身なりは多少雑でも構いませんが、妻であるサマンサ様はその身で夫の財や人脈を体現しなければいけません。お肌の荒れようなど見せれば、妻までせわしく働かせていると、後ろ指を指されてしまいます」

「そのような古い風習はいらないと思いますわ。私は魔術師。戦場や現場で活躍するべきだと思うのだけれど？」

「そうですね。サマンサ様が独身、あるいは旦那様の身分が低ければ引っ張っているということで、大丈夫なのでしょうが。その場合は旦那様の顔を潰すということになります」

「……それはダメですわね。神の使いか同等の存在であるユキ様にそんなことできませんわ」

「旦那様、ユキ様はあまり、気にされないと思いますけれど」

「私が気にするのです‼」

「では、我慢してくださいませ。もう、何度目ですかこのお話」

たしかに、前に同じような会話をした記憶がある。

「旦那様のことはご心配なく。本当に危険であれば、キルエ先輩と協力して、しっかり捕獲します。お嬢様は明日の親書の件が、どのようにすれば中央へスムーズに伝わるか、ヒュージ公爵、お父様との話の内容をお考えください。所在が未確認の魔剣を大量所持。ともすれば国が傾きます。ローデイ存亡の危機です。アグウスト、エナーリア、ランサー魔術学府はすでにユキ様の手が伸びていて問題はありませんでしたが、ローデイの首都はノータッチです」

「存じていますわ。早急にお父様に話を通して、首都へと向かわなければいけません。陛下にホワイトフォレストへの通行許可もいただかないといけませんし」

「はい。ユキ様の予定をスムーズに進めるためにも、ローデイへの伝手であるお嬢様が万が一にも侮られるようなお姿では困るのです。惚気るのはいいのですが、それでユキ様の足を引っ張るようであれば、私が強制的に寝かせますよ？」

「むう……」

冷たいものが首筋に当たる。

鏡越しにサーサリを見てみると、剣の柄が当てられている。

サーサリはいつもの通りニコニコしているけど、これはいい加減にしろという合図だ。

「……サーサリ、本気ね？」

「当たり前です。惚気すぎでユキ様に捨てられたら、お嬢様はどうします？」

「……死にます」

「でしょう？　そんなことは決してさせません。ということで、お早くお休みくださいませ」

「分かったわよ……」

このままだと強制的に寝かせられそうなので、一応自分から布団に入る。

「仕方がないので私は寝ますわ。サーサリ……」

「存じております。旦那様より先に休むことなどあり得ません。ご安心を」

バタン……。

ふふっ、サーサリは行ったわね。

甘い、甘すぎるわ。

未婚の女性には分からないでしょうけど、愛する夫を差し置いて寝る妻なんていないのです。

遠方で、離れ離れならともかく、家に帰ってくる夫を放っておいて爆睡とかあり得ませんわ。

だが、焦ってはいけない。

あのサーサリのことだから、私がすぐに寝るとは思っていない。

しばらくはこちらに意識を向けているはず。

子供の頃はそれでいつも、夜に抜け出すのを止められていた。

最近はユキ様の特訓で実力をさらに上げているから、感知はとんでもない力量になっている。

しかーし‼　私だって実力を上げていますわ。

ユキ様との特訓で、隠密《おんみつ》や気配遮断を覚えたのです。

魔術師が気付かれることなく攻撃するには必要だと、理に適ったスキルですわ‼

ということで、サーサリの気が逸れたぐらいの時間帯に……。

あ、れ？

なんで、こんなに……眠気が？

「お嬢様の考えそうなことは百も承知です。睡眠香でどうかぐっすりお休みください」

扉の向こう側から、サーサリの声が聞こえる。

睡眠香？　そんなもの聞いたこと……って、ユキ様からね⁉

「……サー、サリ」

謀ったわね……。

「ありゃ？　サーサリが外にいるってことは、サマンサはもう寝たか？」

「あ、あれ？　だ、旦那様⁉　お、お早いお帰りで」

ああ、ユキ様……愛しのサマンサはここにいます‼

「いや、十分遅いけどな。ま、寝ているならいいか。明日はサマンサに頼ることになるし、ゆっくり休んでもらおう」

「そ、そーですね‼　さすが、旦那様‼　ささっ、サマンサ様の眠りを妨げてはいけませんし、向こうでお茶でも」

「そうだなー。すぐに風呂入って寝るのもあれだし、お茶飲むか」

「はーい」

「そうですね」

「リーア様、ジェシカ様もこちらに」

……サーサリ、絶対、明日、泣かす。

グー……。


「ふむ。話は分かった。私宛の手紙も読んだし、陛下宛の親書もある。ビデオカメラの件は決闘祭の映像もあるから伝えるには、十分だ。問題はないだろう」

「では、お父様？」

「事は非常に緊急性が高い。今すぐ出る。本来ならば、移動の手筈も私が整えるのが道理だが、婿殿の馬車ならさらに速度が出せるし、鉄の馬車なら安全性も高い。どうか使わせてはもらえまいか？」

「はい、構いません。道中で決闘祭の内容も確認しやすいですし」

「あら、それなら私も行くわ、あなた。息子の活躍を1人で見るなんてずるいわ」

「そうだな。みんなで息子の勇姿を見ようではないか!!」

「もう、ユキ様は最高にカッコよかったですのよ!!」

「や、やめてくれ……。え、映像の、か、確認だけで……」

「何を隠すことがある？　息子の活躍はこちらにも噂が届いているぐらいだ!!」

「ええ。違う術を同時に操り、相手を圧倒した、伝説の魔術師って聞いているわよ!!」

「お父様、お母様、そんなにユキ様をいじめないでください。恥ずかしがり屋ですから」

「ああ、なるほどな。しかし、陛下にも見せることになるからな、慣れておけ」

「そうよー。一押しで陛下に見どころを押し付けるから」

と、こんな感じで、お父様やお母様とのお話は滞りなく進んでいまして、ユキ様は奥ゆかしい性格のせいか少し、緊張しているようです。

「では、準備を……。と、そういえば、サーサリはどうした？」

「そういえばそうね。サーサリちゃんはどうしたの？」

「ああ、ちゃんと外に待機していますわ」

「外に？」

「何でかしら？」

「ふふふ……。ほら、サーサリ。お父様とお母様がお呼びよ」

さすがにこの呼び出しを拒否できるわけがないので、サーサリは渋々その姿を現す。

サーサリの首にはこう札が下がっている。

『独身』

普段であれば、こんな無体な命令など聞きはしないのだけれど、昨日のことは悪いと思っているのか、顔をひくつかせながら、その札を下げました。

ユキ様のところはどうか知りませんが、サーサリぐらいの歳で独身というのは、嫁き遅れを示す言葉。

普通は誰も決して触れない話。

だが、あえて自分でそれを示すというのは、非常につらいものがあるのです。

「……えーと、その、なんだ……」

お父様は何と言っていいのか分からず目を逸らします。

何を言っても逆効果になりかねませんからね。

そのいたわりの気持ちを察することができる、できたサーサリはさらに顔を真っ赤にします。

「まーた、なにかケンカしたのね。でも、これはさすがにやり過ぎよ。サーサリちゃん。外していいわよ」

「あ、ありがとうございます‼　お、お嬢様が、お嬢様が‼」

ちっ、お母様は甘いんですから。

「サマンサがごめんねー。でも、ここまでやることはそうそうないのだけれど、何があったのかしら？」

「あ、そのえーと。ごにょごにょ……」

「ふむふむ。なるほど。うーん、私なら裸で吊るすわね」

「お、奥様⁉」

「冗談よ。ま、どっちの気持ちも分かるわ。でも、ちゃんと仲直りしなさい。こんなことで息子の足を引っ張るんじゃないわよ？　出発準備が遅れてるんだから」

「「……はい」」

ということで、結局喧嘩両成敗とされてしまいましたわ。

私もサーサリもよくあることなので、お互い最後には笑っていましたが。

「しかし、見本の魔剣も渡してもらったが、これはたしかに脅威だな」

「ええ、あなた。これがローデイの首都に多数あるのだとしたら由々しき事態です。陛下への取次はお任せします。私は、王都の魔術警備隊へ協力を打診するわ」

車の中で、お父様とお母様は、ビデオを観る前に王都での行動を確認している。

「え、お母様。魔術警備隊っていえば……」

「そうよ。私の娘、貴女の姉。ヒューージ家長女ルノウを連れていくわ。取次で許可を貰って探し出すのは遅すぎます。先に捜索をします。いいですね、あなた？」

「頼む。こちらも手早く取次と説明を終わらせて許可を貰い、合流する。無理はするなよ？」

「ええ。そこら辺は心得ていますとも」

「え？　お、お母様も出るのですか？　そ、それなら私やサーサリも……」

「ダメよ。あなたはポープリ学長から直接頼まれたの。あなたが顔を出さないわけにはいかないわ」

「そうだ。お前がいないことで逆に時間がかかる可能性が高い。ユキ殿もだ。分かってもらえるか？」

「はい。しかし、義母様は心配ですから、こちらからも同行者を出したいと思います」

「それは助かる。ふふっ、しかし、こう言っては何だが、久々の騒動だ。私の分が残っているといいな」

「いいわね。あの頃のあなたをまた見られるのね」

……なんか、本当に胸焼けがするラブラブっぷりですわね。

私も見習わなくては‼

「ま、それは到着してからだ。今は決闘祭の映像を観ようではないか」

「あ、そうね。堅苦しい話はなし。楽しめる時に楽しみましょう」

「そうですわ。じゃ、ユキ様。見ましょう」

「……ソウ、デスネ」

ああ、やっぱりユキ様はかっこいいですわ‼

お父様もお母様も大絶賛‼

何度も、何度も、同じシーンを見てましたもの‼

「……イッソ、コロセ」

ん？　ユキ様、なにか言ったかしら？

第336掘：ローデイの日常

side：ユキ

「おや、誰かと思えば田舎領主のヒュージ家ではないか。いったい、王城に何のようだ？」

……世の中、テンプレと言いますか、急いでいるときに限ってこういうのが出てくるな。

幸い、俺ではなく、サマンサの親父さんに絡んでいるのだが。

「ドクセン、今はお前とそんな言い争いをしている暇はない。陛下に謁見しに来たのだ」

ド・ク・セ・ン‼　なに？　狙ってる？　もうさ、アーデスとかさ、ジャーマとか、ヒッキーとか、狙ってる名前多いよな。

いや、アーデスは俺が勝手にアホデスって変換したから違うか。

「で、あのアホはなに？」

とりあえず、親父さんとおバカ貴族の間に入ることはできないので、こっそりビデオカメラを回しながら、隣にいるサマンサにあのおバカのことを聞いてみる。

「えーっと、王都に本拠を構える、所領なしの公爵家の1人でして、ドクセン家ですわ。見ての通り我がヒュージ家によくケンカを売ってきますの」

「所領なしって、それってそっちの才能ないからじゃ……」

「はい。さすがは旦那様。まさにその通りでございます。あちらの方は領地経営の才能が皆無でどこをどうすればよいか分からない、というほどのマイナスを出しました。そのため、領民に重税をかける羽目になり、当時、助けを求められた大旦那様が、ドクセン家の領地経営を調査し陛下へ暴露……いいえ、直訴いたしまして、所領を没収、王都での謹慎処分というのが、正しい認識です」

サーサリはさすがというべきか、仕える家のことは淀みなく言えるのね。

「サーサリ。私怨があるとはいえ、ちゃんとドクセン家の評価できる部分も言わなくてはダメですわよ？」

「はっ、お嬢様。ご冗談を。多少、ミジンコ一匹分ぐらい、指揮の才能と武力があるだけではないですか。どこをどう見ても、旦那様には及びませんので、無視して結構です。ええ、私怨なんてございませんとも。でもご命令があれば、今日一日でドクセン家の連中を全員潰して御覧にいれます。旦那様こそが最強であると証明しましょう」

「いや、私怨バリバリじゃねーか。何があったんだ？」

「まあ、簡単に言えば、サーサリは元騎士。これだけでユキ様には伝わるのでは？」

「ああ、騎士の頃、ドクセン家の連中に邪魔でもされたのか」

「邪魔どころではありません。あの連中は自分の地位を守るために、騎士学校や現場で自分たちより腕が立ち使える相手は、引き込むか潰しにかかるかしかできない屑です」

どこでもそんなのはあるねー。

社会の中身は中世だろうが現代だろうがあまり変わらなくて悲しいわ。

「ということで、怒り心頭のサーサリは、腰巾着の上官、ドクセン家の馬鹿をまとめてぼっこぼこにした。綺麗にはめられて、騎士職を解任。危うく奴隷《どれい》にされかけたところを、お父様が庇って引き取ったというわけですわ」

「大旦那様には感謝ばかりでございます。世間的には暴力女と言われた私を囲ったのですから、周りの目は非常に冷たいものだったでしょう。あのままでは、再起不能にした二人の介護にあてられそうでしたから」

「あ、そっちの目的もあったわけか」

「サーサリは見ての通り顔よし、スタイルよし、器量よしですから。たぶんそこら辺でドクセン家に目をつけられたのでしょう。で、その騒動のおかげでいまだに独身と……」

「うきゃー!?　違います、違いますよ旦那様!!　言っての通り、私の理想の男性がいないだけでありまして……」

「あー、それは分かってるって。ウィードではサーサリの悪評なんてないからな。きっといい人が見つかるって」

「ですよね!!　ですよね!!」

「ユキ様以上の相手なんているわけないと思いますけど」

「はいはい。惚気はよそでやってくださいね。私がユキ様の妾を遠慮してるのは、お嬢様より私にメロメロになることを避けるためなんですから。ったく、乳だけ大きくなって」

「……いい度胸じゃない。サーサリ？」

「前回はこちらに非がありましたが、今回、独身という誹謗中傷を受ける言われはありません」

なんかこっちもお互いに傷つけあうの好きやね。

セラリアとクアルもやってたっけ？

何？　こっちの世界の主従関係って、お互いノーガード戦法で殴り合う間柄？

「……3人ともそこまでにして。サマンサのお父様と馬鹿貴族の話が変な方向に行ってる」

「「「へ？」」」

一緒に来ているクリーナの呼びかけで、親父さんと馬鹿貴族の方に意識を戻すと……。

「謁見申請のない者を通すわけにはいかんなぁ。私はこれでも陛下直轄《ちょっかつ》部隊の隊長の一人だからな」

「馬鹿なことを言うな。非常事態による、公爵権限だ。そこをどけ」

「聞いているぞ。見たこともない乗り物で、王城に乗り付けたそうだな。おかげで王城は軽い騒ぎだ。今、お前には国家反逆罪の疑いがかけられている。分かっているのか？」

……はい？

こ、こいつの頭の構造どうなってやがる。

「……はぁ。お前は本当に相変わらずだな。次で最後だ。緊急事態だ。そこをどけ。さもなくば……」

パキパキ……。

おお、魔力を拡散して、周りを凍らせている。

素でここまで出るってことは、魔術の才能はサマンサより上だったんじゃないか？

今はすっかり計測不能になってるけど、サマンサも。

しかし、馬鹿貴族は親父さんの行動を見てニヤッと笑って、剣を引き抜く。

「王城内での、許可のない魔術の使用を確認‼　この距離でお前の魔術攻撃が間に合うわけないだろうが‼」

ああ、なるほど。

殿中でござる‼　みたいな方法ね。

でも、こいつは本当に馬鹿だわ。

親父さん周りを凍らせたんだから、無論、廊下も……。

ツルッーーーー‼

「うおっーーーー⁉　は、謀ったな。ヒュージ⁉」

ガッシャーン‼

廊下の角のデカいツボに消えていった。

「その考えなしをどうにかしろ。まったく、このことは陛下に報告させてもらうからな」

「だ、誰がそのようなことを証拠もなしに信じると思うのだ‼」

「それがあるのだよ。証拠が。な、息子」

そう視線を向けられるのは、俺が持っていたビデオカメラ。

ちゃんと余すことなく、綺麗に録画していましたとも。

ああ、これを撮ることが目的でわざと挑発に乗ったのか。

うん。この親父切れ者だわ。

「ばっちり撮ってるぞ。義父」

がしっと手を取り合う。

なるほど、義父さんが一番排除したかったのはこいつね。

「……2人ともいい笑顔。でも、お師匠とはこんな関係になって欲しくない」

「まあ、正直。お父様と仲良くされるより、私たちに構って欲しいですからね」

「さっすが、大旦那様に、旦那様‼　これでドクセン家は必滅ですね‼」

ひゃっはー‼　と喜ぶサーサリはさすがにどうかと思うけどな。

「さ、先を急ごう。妻もルノウもすでに行動を起こしているだろう。これ以上無駄な時間は使えん」

ということで、王城をすたすたと進んで、謁見場ではなく、個室へと向かい、扉に立つ兵士に何かを話す。

「ヒュージ公爵家ご当主様がおみえになられています!!」

『あ？　ヒュージか？　なんだ、また堅苦しい面倒なことをする。入れ入れ!!』

そんな返事が廊下まで聞こえてきて、扉が開かれる。

……ちょっと待て、なんだあのノリ？

中身はまさか……。

「よう。ヒュージ。また見ないうちに、お互いおっさんになったな!!　でも、まだまだ俺は現役でいけるぞ!!」

そんなことを言って、壁にかけてあった、武骨な剣を鞘《さや》から一瞬で引き抜き構えるおっさんと、その脇に羊皮紙を持って頭を抱えるおっさんが1人。

「……陛下。ヒュージ公爵は礼儀を守っているだけです。もうちょっと……」

「お前も堅苦しいな。その羊皮紙を置け。久々に3人が揃ったんだぞ。ぱーっと話そう!!な？」

「「黙れ!!　この前はそう言って、書類切り裂いただろうが!!」」

合唱する、親父さんと羊皮紙を持ったおっさん。

「い、いや。それは、お前らが、書類があって遊べないって言うから……」

「重要書類を切り裂く奴があるか‼　おかげで仕事の時間が延びたわ‼」

……うん。

認めたくないが、これがローデイの現国王か。

なんというか、今までに見たこの世界の王様で一番血の気が多いな。

「ちぇ。分かったよ。分かりましたよ。で、そっちの娘はサマンサだな？」

「あ、ひゃい！」

「なはは。そこまで堅くならなくていい。お前のオシメも替えたことがあるんだからな。気にせずブレードおじさんと呼んでくれ」

「そ、そんな。陛下に恐れ多いこと……」

すっげ、これはイニス姫さん超えてるな。

「人の娘を弄《いじ》るな。自分の息子と娘を弄れ」

「ダメダメ。最近、スルーするからな。テンションについていけねーって。ダメだよな。近頃の若い奴らは。俺たちが、傭兵やってた頃はさ……」

「お前と昔話をするために来たわけじゃない。口を閉じてさっさとこの手紙を読め」

そう言って親父さんは羊皮紙を持ったおっさんに手紙と魔剣の入った木箱を渡す。

「直接渡せよ。めんどくさいだろ？　手紙に何か仕込まれていても、何とかなるって。これで死ねばそれまでってやつだよ」

「お前の適当に周りを巻き込むクセを直せと、毎日言い聞かせているんだがな……。と、学府の学長からと……これは魔剣か？」

「何？　問題がないなら手紙をよこせ」

「あっ。まったく……」

すぐに目の色を変えて、手紙を読んで、木箱を開け、魔剣を躊躇いもなく握り……。

ボッ‼

魔剣の力が発動し、小さな炎が上がる。

「本物だな」

「『いきなり使う奴があるか‼』」

「そう言うな。ほれ、内容を読んでみろ」

「……ふむふむ。これはまずいな」

「だろ？　で、そこの男がサマンサのでか乳をものにしたユキで間違いないな？」

「ひゃっ⁉」

サマンサの乳に目線をやって、サマンサが俺に隠れてからようやく目を合わせる。

……こ、この野郎。ネタを挟まないと喋れんのか。

「息子。陛下ではあるが、見ての通りただの直感で生きる馬鹿だ。無礼討ちなどはせんから普通に答えていい」

「はい。そうです。とりあえず、嫁さんが嫌がるのでセクハラはやめろ、おっさん」

「ぶっはっはっは‼　ポープリ学長を超えると言われるだけはあって肝は据わっているな‼

サマンサ、すまん‼　悪のりが過ぎた‼」

がばっと頭を下げるおっさん。

潔いが、これはサマンサにすれば……。

「い、いえ‼　大丈夫ですわ。ですから頭を上げてくださいませ‼」

「ま、頭は一度下げたし、上げるがな。人間過ちを犯したら、しっかり謝ることは大事だぞ？」

「言っていることは正しいが、お前の頭は国そのものだから、もちっと考えろや」

「ロンリも大変そうだな……」

「そう思うなら、ヒュージも王城勤務してくれ……」

「断る」

すげー、完全に俺たちが口を挟む暇がない。

なんだこいつら。

よくこれで国がもってるな⁉

「さて、馬鹿話は終了だ。俺の方もここ最近、城下で妙な噂があるのは実際聞いてきた」

「おい、いつの間に。はぁ、あとで脱出経路教えろよ。こっちも妙な集団がいるのは捉えている。城下に住む者からの情報提供だが、なぜか兵士から信憑性が高いって言われていて不思議に思っていたが、これはお前の仕業だったか」

「おう。王様が自らの街の治安を守らなくてどうする‼」

「その兵士が、飲み代を押し付けられたと言って、経費でどうにかと言っていたのはそのせいか……」

「さ、さあ。なんのことやら……」

趣味と実益を兼ねて、王様が街巡りね。

……どこの暴れん坊将軍だよ⁉

「ブレード。お前、金がないわけじゃないだろう？　なんでまたツケに？」

「いや、ロンリは財布を厳しく調べるからさ。そっちから金は出せねーんだよ。息子や娘は借りた金返してから言ってってって金貸してくれねーし」

「「当然だ」」

「仕方ないからさ。城壁の修繕で日雇いをな……」

「「やめろ‼」」

……王様がレンガ持って、城壁直すのか、この国は。

「ま、その関係で妙な連中がいるってのは聞いている。それがまさかこんな大事に絡んでいるとはな」

「まだ、その集団が魔剣を所持していると決まっていないからな？」

ロンリと言われたおっさんが当然のことを言うが、ブレードのおっさんは何も言わず、剣を置いて、使い込まれた皮鎧《よろい》を着て振り返る。

「いや、その集団は絶対魔剣を持っている。俺の直感がそう告げている‼　今までの違和感が学長からの手紙で氷解した‼　今から殴り込むぞ‼　３人揃うのはそうそうないからな‼」

ドンッ‼

「へ、陛下⁉」

廊下の外で、飛び出してきたおっさんに驚いた兵士の声が聞こえる。

「いったい、何事……っておい⁉」

「俺に続けー‼」

ドドドドド……‼

そう言って、おっさんは部屋を飛び出して走り去った。

「あんの馬鹿⁉　ヒュージ、追いかけろ‼　俺は兵を連れていく‼」

「分かった‼　息子たちも行くぞ‼　あの馬鹿が先陣を切ると、証拠品もまとめてぶっ壊す‼

急いで追いかけるぞ‼」

え？

なにこれ？

いや、とんとん拍子に、さっきのバカ貴族のロスした時間も取り返す勢いだけど……。
つ、ついていけねー!?
とりあえず走るしかない!!

番外編　ゴブリンレポート

side：ジルバ帝国国王　フィオンハ・レーイガ・ジルバ　ジルバ8世

『スティーブというゴブリン』

そんな表題の報告書が目の前に置かれている。

これを見ただけでは、我ら為政者はどこかのゴブリンと魔術師の小悪党でも出たのかと思うだけだ。

子供たちなどは絵本のタイトルかと思うかもしれない。

それだけ滑稽なタイトルがついているということだ。

ゴブリン、それはこの大陸に多く生息する魔物である。

たしかに数が揃えばそれなりに厄介ではあるが、それでも領主軍が100名でも連れて行けば殲滅が可能だろう。

オークのように力が強いわけでもない、子供のサイズに粗末な武器を持っているぐらいのものだ。

遥か昔には魔物が多くはびこっていて、ゴブリンにも上位種というものがいて、通常のゴブリンを指揮して軍に大きな被害を与える存在がいたと、国の書庫の記録に記載されているものがある。

　おそらくそれは事実だ。この前討伐した部隊からゴブリンの魔術師、体格のいいリーダーというものが発見されている。

　当たり前のことだが、ゴブリンが群れを成すにはその指揮を執る者がいるということだ。

　その役割を果たしているのが、ゴブリン魔術師や、体格のいい『ゴブリンリーダー』と我らが呼んでいるものだ。

　おそらく書物に載っているゴブリンという魔物の上位種に該当するだろうというのが、一般的な認識だ。

　とはいえ、国の軍を壊滅させるようなゴブリンの上位種がいるかというと、皆首を傾げる。

　そんな眉唾な、脅威の存在が確認された。

　そのゴブリンは、一人の男に連れられて、堂々と王城へ正面から侵入し、兵士すべてをなぎ倒し、最後には魔剣使いまでもあっさりと下した。

　そう、あれこそ書物の中だけに存在している軍を壊滅させるゴブリン。

　たしかにあんな化け物がいるのであれば本に残るだろう。

　たった一匹のゴブリンに我が精鋭たちが全滅させられたのだから。

　そのゴブリンの個体名を「スティーブ」という。

　それが、ジルバを落としたゴブリンである。

しかし、我らにとって幸いだったのは、ゴブリンの主である「ユキ」という者は国を欲してはいなかった。

ただ単に地方にやってきた際に亜人たちの世話になっていたところ、我が国の功を焦った馬鹿者が亜人の村を襲ってたのだ。

そんな命令は出していない。エナーリアが所有する砦への足掛かりを作れとの命令をしたのだが……。

攻撃を受けた側にそんなことは関係なく「ユキ」はそのゴブリンの力を使い馬鹿どもを迎撃。

その後、亜人に襲われたと報告を受けて魔剣使いマーリィが出ていき、鎮圧できればよかったが、こちらもあっさり撃退され、魔剣姉妹も同じようにされた。

普通であれば、魔剣使いが出た時点で賊は討伐されて終わりだったが「ユキ」は違った。

こちらを迎撃して「面倒」になったからと言って踏み込んできた。

普通なら馬鹿の所業だ。

敵地のど真ん中に10人程度で踏み込んでくるのだ。

国相手に交渉するにはあまりにもあり得ない方法。

だが、向こうの考えも分かる。

まっとうに停戦の協定を結ぼうとするのであれば、もっと時間がかかるし、我もその認識には至らなかったと断言できる。

だからこそ殴り込みを慣行したのだろう。

普通であれば死体をさらすだけだが、あのゴブリン「スティーブ」がすべてを覆した。

たった10名程度の王城は実質陥落《かんらく》、あの時ジルバは終わっていたのだ。

だが「ユキ」の目的は自由に調べ物をしたい程度。

それに協力してくれるのであれば、何も手出しはしないと言ってきた。

このまま首を落とされるかと思っていた我らにとっては寝耳に水のような提案であった。

とはいえ、先ほども言ったように素早く目的を達成するにはこれしかないだろう。

その結果として、我や配下の者は「ユキ」の一行に我が国の身分を与えることで、敵対しないことを通知させた。

これで彼らの行動はジルバ国内に限っては制限されなくなる。

もちろん調べものをするのに書庫を自由にすることも許可した。

だが、この事実を知った、地方に分散していた将軍たちにとっては理解しがたいものだ。

10名程度の傭兵団を王家の血筋だといきなり認めたのだから。

下手をすれば将軍たちも「ユキ」たちに足を引っ張られかねないと感じたのだろう。

なにせ、出会った際には最大限協力をするようにと言っているからな。

そんな命令をただ素直に受け入れるほど、馬鹿な将軍はいない。

だから、会議の際には揉めた。マーリィが引き取るということで表向きは落ち着いたのだが……。

それでも「ユキ」たちに対する将軍たちや地方領主の不満がなくなるわけではない。

彼らにとっては、いきなり王城に乗り込んだ不届きものでしかないからな。

いくら我や魔剣使いたちが強いといっても信じられるわけがない。

たしかに、我も魔剣使いや兵士がいたのにもかかわらず敗北した、などと報告されれば、何かの間違いだと思うだろう。

そして、それを放っておくわけにもいかなかった。

傍から見れば10人程度の傭兵たちに膝をついてしまった間抜けだから。

納得させなければ、将軍たちが離反する可能性もある。

そうなればジルバは崩壊する。

ジルバが崩壊すれば、我らから王家の血筋という立場を得ている「ユキ」たちも困ることになる。

だが、それを予測していたのか「ユキ」は例の「ゴブリン」と「魔術師」を置いていった。

証明に使えと。

そこまで考えてようやく目の前の書類に手を取ってめくるが、そこには信じられない内容が多々記載してある。

・西方軍総指揮官ヨキエル・グジッパー将軍の要望でスティーブ将軍が決闘。

この件は我も知っている。

ヨキエルは我が国きっての猛将であり、その指揮においての攻めには驚くばかりである。

また個人の武勇も優れていることから、どちらかというと武闘派だ。

だが決して頭の悪い男ではない。そうでもなければ軍を預けられない。

その男が、まずは腕を確認するために勝負を挑んだのだ。

我や当時ジルバ王城にいた者たちの証言が正しいと証明するために必要な決闘だった。

ヨキエルは戦いにおいては我に対しても遠慮がない。

だからこそ、ここでスティーブというゴブリンが勝てば、我らが間違っていないという証明になるのだが……。

そこで仕掛けられたのは、ヨキエルが従える最精鋭の粉砕隊の10人との決闘だった。

粉砕隊は敵軍への殴り込みを主に行う部隊で、損耗率が高い中、この10人は10年以上この部隊に勤めている歴戦の戦士たちだ。

10人もいれば魔剣使いとも対等に戦えると言わしめる者たちだ。

それも、魔剣を使わせればだ、決闘場という近距離で魔剣を発動する隙があるか？

しかし、そんな心配は無用だった。

そうだ。あのスティーブというゴブリンは魔剣使いエアを翻弄《ほんろう》したではないか。

瞬間移動をする相手をだ。

つまり……。

・ヨキエル将軍の粉砕隊との決闘の結果は、スティーブ将軍の圧勝

ゴブリンとしては規格外の戦闘能力であることが証明されている。

魔剣使いエア、魔剣使いマーリィ、魔剣使いオリーヴ、魔剣使いミストすべてにおいて勝利を収めている。

この結果にヨキエル将軍以下スティーブの強さを疑っていた連中は口を閉じるほかなかった。

スティーブを止める術がないと判断を下したのだ。

ということは「ユキ」の傭兵団が動いた場合、スティーブが動くだけで我が国はなすすべなく滅びるということだ。

搦《から》め手として「ユキ」およびその周りの女性を人質にとっては、という意見もあったが、それはすでに馬鹿どもが暴走してやっていて、なおかつ失敗どころかその女性たちも強いことが分かった。

もともと、王城に一緒に殴りこんでいたのだ。

それだけの実力があるということ。もちろん遠方から弓も射かけているがすべて叩き落とされているので遠距離での不意打ちもダメだ。

まあ、これ以外にもちょくちょくスティーブやユキたちの実力を図るために、情報を収集した結果。

ジルバの上層部はユキ傭兵団に関しては協力をするということで、満場一致となった。

なにより、ユキ傭兵団から派遣されてきた魔術師ザーギスが魔術指導を行ってくれた結果、魔術を使える兵士が増えた。

ランサー魔術学府並みの指導者ということだろう。

そして、スティーブ自身も将軍と名乗っているだけあり、軍隊指揮ができ、ヨキエルを唸らせ、ローウも素直に称賛するレベルのモノであった。

なので、我らはスティーブたちが滞在している間存分に使わせてもらって国力の増強に努めることにする。

「たしかに、敗北したのは事実だ。だが、我はまだ生きている」

そう、終わりではないのだ。

「むしろ、あのような力を持った者たちと戦うことなく友誼を結べていることを喜ぶべきだな。あとはどれだけ向こうの力をこちらに取り込めるかだ」

傭兵団に対して我がジルバは立場が下ではある。

しかし、傾いてもらっては困るというのもある。

だからこそ、エナーリアとの紛争地帯へあの傭兵団は赴いた。

実績を積む目的もあるだろうが、戦闘で力を示し他国でも通用するようにしたいのだろう。

「よかろう。存分に手助けをしてやろう。代わりにその傭兵団の力を存分に使わせてもらう。

あわよくば、スティーブとザーギスを取り込めればな」

可能性は低いがこちらに来るのであれば好条件を用意すると言っておくか。

向こうに筒抜けではあるが、少しでも揺らぎがあればいい。

ジルバはまだまだ上を目指せる。

本書に対するご意見、ご感想をお寄せください。

あて先

〒162-8540 東京都新宿区東五軒町3-28
双葉社　モンスター文庫編集部
「雪だるま先生」係／「ファルまろ先生」係
もしくは monster@futabasha.co.jp まで

MONSTER bunko

必勝《ひっしょう》ダンジョン運営《うんえい》方法《ほうほう》⑮

2021年5月2日　第1刷発行

著者　雪《ゆき》だるま

発行者　島野浩二

発行所　株式会社双葉社
〒162-8540
東京都新宿区東五軒町3-28
電話　03-5261-4818（営業）
　　　03-5261-4851（編集）
http://www.futabasha.co.jp
（双葉社の書籍・コミック・ムックが買えます）

印刷・製本所　三晃印刷株式会社

フォーマットデザイン　ムシカゴグラフィクス

ISBN978-4-575-75290-8　C0193
Printed in Japan

Mゆ01-17